现在开始失去

牛健哲 著

中信出版集团 | 北京

图书在版编目（CIP）数据

现在开始失去 / 牛健哲著 . -- 北京：中信出版社，
2025. 1. -- ISBN 978-7-5217-7186-2
I. I247.7
中国国家版本馆 CIP 数据核字第 2024X04171 号

现在开始失去
著者：　　牛健哲
出版发行：中信出版集团股份有限公司
　　　　　（北京市朝阳区东三环北路 27 号嘉铭中心　邮编　100020）
承印者：　　三河市中晟雅豪印务有限公司

开本：880mm×1230mm 1/32　　印张：7.25　　字数：150 千字
版次：2025 年 1 月第 1 版　　　　印次：2025 年 1 月第 1 次印刷
书号：ISBN 978-7-5217-7186-2
定价：42.00 元

版权所有·侵权必究
如有印刷、装订问题，本公司负责调换。
服务热线：400-600-8099
投稿邮箱：author@citicpub.com

目录

- 001　音声轶话
- 019　现在开始失去
- 039　秋千与铁锹
- 059　耳朵还有什么用
- 079　盛大
- 095　这个夜晚可以
- 109　灵长目之夜
- 123　梅维斯研究
- 151　058431
- 185　夜或新晨
- 201　谈谈小说《个人阅读》

音声轶话

那年初冬明明有人跟我谈得来。我参加了一个有点无聊的家宅聚会,是餐桌上安静到需要逐个唱歌、其他人拍手击节的那种。一首据说是用洛佐语唱的情歌得到了最多称赞。因为没人愿意在音准音色方面耿直评论,所以语种成了好话题。唱歌的女人已经不年轻了,却红了脸,她的名字丹芳这才被我记住。很多人说这种洛佐语好听,还有几个人表示想学。丹芳就说起她在澳洲研究继生社会群落时学习当地语言的事,当大家转而出门去逛院子时,她只能把没说完的话对着我说。我能感觉到她的耳朵和脖颈散发出的温热。

在院子里,她不禁又哼唱了那首歌,却没有吸引经过她身边的人。她走向角落里的一棵秃树,我跟了过去。这一次我才真的觉得洛佐语悦耳。我们交换了联系方式。

隔天,我和丹芳私下约会了一次,我喜欢上她了。她有一些白头发,可唇舌粉嫩,乐意讲她所深入的偏僻地区中移民和当地人组建家庭的故事。后来她给我寄了东西,我妻子取来邮包交给我,没问是谁寄的什么。我把它拿到书桌上打开,里面主要是册子和笔记本,有几张单页纸和一个存储盘。我翻看了那些注解残缺的文字和图画,试着播放了那个存储盘,还找出耳机悄自听了几段录音。当晚我很兴奋,对妻子既刚猛又温柔。洛佐语学习材料让我这样,我自己也有点意外。

在一张颜色暗沉的手绘地图上,一个岛屿占据当央,边缘的澳洲大陆海岸偏安一角。岛的名字涂抹过,又用洛佐语文字重写了,我相信它就是"提门诺岛"。先后听过的洛佐语声音让我可以想象岛上的清新与幽僻,至于丹芳在那里的研究工作她无意提及,我也不会多嘴问起。做知音不需要太多相处,同样不需要太多的相互了解。洛佐语的发音含几分童真,却也带几分炫技。那些录音片段有一半像是丹芳自己的嗓音,其余的有男声也有女声,有一两段应该是老者的。言说者无论什么性别和年纪,听来都元音饱满辅音清爽,音节过渡圆润流畅却又边界清晰,长句子说出来仿佛古泉欢腾。有一段歌声似乎从山谷另一边传来,但连韵尾的辅音都悉数脆生地敲弹入耳,不像有些主流语言那样,很多轻弱音素需要听者根据情景和经验猜出。我明白寻常的学习方式无法傍近洛佐语的美妙，口舌咽腮的大量肌肉训练是必须的。

没必要把已经明白了的道理说给丹芳听，我自己开始了密集的发音练习。轻巧、硬朗和整洁纷至沓来，从唇舌到耳朵，直觉告诉我洛佐语有一定的成瘾性。慢慢地我觉得人能随时说话给自己听是一桩美事，好比女人突然开窍，迷上抚弄自有的乳房。我选择那些典型而有难度的多音节单词反复诵读，累了就在其间穿插一些整句连读。由于不甘于只是默读，那段时间我常常被人问起嘴里在说什么，我不想多说，随口给出了形形色色的回答，比如在练歌、在背诗词。

"别骗我，你背诗？"有一晚妻子说，"是不是最近账目出问题了？"

她担心我丢了这份工作，我就顺势扭开脸，让她别问了。我知道我练习的样子已经相当投入了。可以预见地，我的舌根和舌边开始肿痛，喉咙也发炎了，有几天几乎没法吞咽，发音一度十分蠢笨，可我心里毫无惊慌还愈发欣喜。丹芳说提门诺岛上很多人患过某种口咽腔炎症，自愈后语言能力才显著长进，学习材料里也有一段几次提及"腔道炎症"和"愈后语音"。而妻子这妇人竟试图让我吃药消炎。

果然在病症自行退去几天之后，我忽然漂亮地发出一个相当难掌握的发音，随之像是可以地道说出很多包含这种发音的单词了。我如此兴奋，在路上一直重复那些词。时而有人迎面走过，见我把舌头像蛇吐芯子一样伸出,迅即利落地从唇间抽回,那种特别润滑的语音似乎在我闭嘴后才生发,在他们听来一定格外新异。我不知道该加快脚步还是该放慢脚步。我想到如果修改那首情歌里的一个短句,就可以连续两次那样发音。在到家之前我拐进一条僻静的巷道,手抖着拨通了丹芳的电话。

"树叶刚刚落入河水。"我第一次真正使用洛佐语,其中的"落"含带了久经等待和翻转飘荡的意思,但本身极其简单短促,它前后都是我刚学会的那种润滑、滞后彰显的发音。

电话听筒里静默了一会儿,丹芳终于轻笑一声,"树叶刚刚落入河水"。

我没有多说一个字,挂断了电话。

丹芳给我的学习材料就只有那些,我一度认为只够爱好者赏玩,不足以传授可供应用的表达技能。可出我料想的是,随着发音水平的提高,我常常会自然而然地知晓有些缺少释义的词句如何使用,也能不大刻意地把某些想法转化为一串语音,其组成部分未必都是我学习过的。这个难以形容的学习过程或许比我主观感受到的历时更久,也不乏些许曲折,但总的来说,我正在舒服地滑进洛佐语沼泽。

几周时间里,我很少开口和别人说话。有几次持续十几分钟的所谓谈话,我居然只是用"嗯""哦"来完成的。

有一天下午,我去主任办公室报几个数字,交了相应的单据。

回来坐下不久主任就打电话来,让我重把一个数字说给他,我记不准,也翻不到那份单据的副本,只嘀咕说刚刚汇报过。主任训斥了我,让我别废话,快点告诉他。我必须说点什么,可这时我突然口吃了,说不出任何一句临场该说的话,也讲不出真正想讲出来的东西,除非用洛佐语。那是个难忘的下午。在极度尴尬的冷场僵持期,我突然想到另一串数字,以平常口音微调重音,说出它可以很精彩地模拟洛佐语"你他妈真够恶心的"的音调。这让我为之一振。

"四千零七十一点五三。"我说。

"再说一遍。"听得出主任用铅笔在纸上速记。

"四千零七十一点五三。"

"好了。"他平静地挂了电话,好像从来没对我发过火一样。

之后的几天我有时会想一想这串纯粹用来模拟音调的数字会引发什么后果,但仍然用几乎所有空闲时间学习洛佐语,包括和丹芳通电话。欣慰的是,那数字居然没有引起任何不良影响,至少对我来说是这样。一两个月之后有一次主任灰头土脸地从外面回来,让人帮他在桌子上乱翻一气,不知道哪里出错了似的,但也没什么事找上我。

从那天起我就频频遭遇口吃,仍然是一个正常的词都说不出来、一下子憋住的那种。但我却没有为此烦恼,因为这并没有发生在我学说洛佐语时,相反倒给了我更多的机会抚摩我的心爱——只要我用原本语言的短语和句子模拟想说的洛佐语的音调，便能流畅地说出话来。我飞快地适应着这种语言反应模式，照这样下去真的无伤大雅，只是别人很难听到我心里的意思而已。起初我做转换时还有点生涩，比如在电话里听到妻子说身体不舒服时，我对她说"朝久久没有动静的地方看"就令人费解，稍加重复她便恼火了，而我脑子里的洛佐语其实是"数一数你有几天没这么麻烦吧"。一两周之后，我就渐渐轻车熟路，屡屡为洛佐语心念找到更合乎情境的模拟语句，我把"劳驾你让一让"说成"这条路应该走得通才对"就是相当成功的例子，对方乜了我一眼，闪开了。我当然不会指望总是有这么好的效果，但把别人拉进涉及洛佐语的交流本身就带有十足的新鲜感和欣快感，我要告诉别人"半个小时后我去楼下把东西交给你"，就开口说"要看见我就站在路边的大石头上"，然后对方又认真地跟我谈了几个回合才开始急躁起来。

生活呈现出有趣的面貌，我就像回到了被未知围绕的幼童时期。我周围的人真的就像那些小孩子朋友，对我时好时坏，有时会突然吵一架，回头听我开口说几句话就又望着我若有所思了。发生了几次出乎意料的工作调动，我甚至有了一两次艳遇，不知道我的话在两厢默对时有多意味深长，如果不是最后几句运气欠佳她们就要去淋浴了。一段时间之后这种人际关系的动荡才略得平息，我终于获得了更多的独处时间去听、读乃至书写。如同我重温了童年便很快成长起来，变成一个享受孤独假期的书呆子中学生。只可惜这段时间缺少了丹芳分享体验，好多次我试图联系她，她先是显得很忙，没法好好听电话，后来就怎么也找不到人了。我成了一个孤单的洛佐语学习者，但我并没有感觉空虚，这使我要去分辨自己的情感。我把妻子拉上床，边亲热边哼唱丹芳唱的那首歌让自己兴奋起来，我眯上眼去想丹芳的样子和声音，但到了最激越的几秒钟，我狠狠吼出的却是最新学会的一句洛佐语，直到疲累地翻身仰躺下去我嘴里都是那一句。这样试过几次之后，我怀疑自己是否还喜欢丹芳，或者有没有真正喜欢过她。

　　妻子怀孕了，是我们婚后多年的第一次。我想我可能只是利用了妻子的皮囊和丹芳的做媒，跟洛佐语有了个孩子。有一天我像要给孩子找妈妈家一样，心血来潮地从一个嚷着会去新西兰旅游的同事那里借来一本澳洲地图册。回到家我把自己关起来，专心对比丹芳那张手绘地图和这本地图册上的各种形状和曲线，双手并用地旋转图张方向，奢望能咔哒一声地发现吻合。我翻查多遍，累到眼花也没能在地图册上找到提门诺岛，手绘地图又全无方位和比例尺信息，我连疑似它的岛也没找到。许久后我站起来呼一口气，把用色俗气的地图册扔进垃圾桶。我不能太肤浅太贪心，有洛佐语其实已经足够了。时间、心力和嘴巴耳朵都是不该枉费的。

　　天气又寒冷起来，我瘦了，一副畏冷的样子，却时而觉得有无限深长的气息。丹芳寄来的册子和笔记早成了另一副样子,我把每一页都翻捻得又脏又软。我学到的洛佐语知识已经远远超过那些材料所包含的,它们寄生在我头脑里,施展着自我增殖之能。或者借助一句洛佐语格言的意象来说,就像一个耳廓大的水洼向外慷慨地分发了若干条疾溪狂流。幸亏没有人要我解释这是怎么发生的,我可以任由那些溪河之水源源不断地流淌,汩汩作响地奔拓。

　　儿子出生,我多请了几天假,得以专心誊写那些笔记。春天,我被派公出到另一个城市。任务不多地方也不远,计划是火车往返,当天早上出发次日中午就回来。我出门前查点了要带的材料和证件,然后竟然带了两套夏装和整理过的笔记。这说明我早就隐隐地感觉到了什么。到达后气温很低,对方先安排了晚餐接待,我们喝了点酒,杯盘之间我朗声说了很多话,也见他们交换了几次眼神。换了地界,拟调法更亲密地伴我唇齿。他们扭捏地提出了一些令人厌恶的要求,我用斥责的劲头爽快地答应下来。第二天我起床吃力,没有按时完成核算。下午他们帮我另行安排行程,我的意思是只要上半夜能回返到家就好,然后他们就按我说的,给我买了凌晨飞去南方的机票。

　　我不清楚这是不是自己想见到的情势,但我似乎已经准备好了置身这种历险。一转眼我这样说话已经说了几个季节,在享受混沌的妙味之余,有时也很想宣告本意、要挤出口吃的阻障。这种时候我会有瞬间的惧怕，怕别人看出我的张口结舌，担心自己已然面红耳赤，幸好可以随时回头，重投洛佐语音韵，靠模拟语调安然度过。庆幸之外我对平日所面对的人暗生了怨尤，因为连那些貌似知近的人也对内情毫无察觉。妻子照料孩子时我把那点关心连连表述成了别的迂邪词句，她竟然懒得开腔似的只是冷笑着摇头，后来更是漠然冷对充耳不闻。我话语的余音萦绕当空。试问当着无邪的婴孩说出了那些怪里怪气的话，我怎么可能不生他妈妈的气。

之后偶尔她要我帮手托抱着他时，我望着这粒团团软软、睁眼看我的小东西，不想在她近旁对他嘟囔出什么，难受得很。

丹芳继续音讯全无，其他人都不配知道我和洛佐语之间的事。南飞时舷窗外云海浩瀚，我想象自己正在飞去提门诺岛，随后又体味了一种自知无法抵达的凄美。飞机落地后，我没有再打开手机。我随最密集的人流乘坐巴士，来到一个长途客运站。在队列里我慢慢被挤到前面，学着别人的样子朝售票窗口里面喊了几次，窗孔传音效果差，我每次喊出的又都是不一样的词，但售票员后来居然听懂了一样，卖了票给我，是去四个小时车程之外一个从未耳闻的小城的。

车往西南开，车上多数人用很难懂的口音说话。我累了，在嗡嗡人声中饱饱地睡了一觉。

到了小城，我暂住一店，同时开心起来。当地人听北方话时耐心谦逊，对我语言表达的偏斜并不会皱眉，好像只会为他们自己的浓重口音而自卑。这样比觉得别人不对劲却不真正在乎可爱多了。我便更加畅快地频频开口。见到他们那么恭敬地对待我照葫芦画瓢所发出的语音，我觉得意兴盎然，而在拟调把戏和口音差异的双重作用之下，他们费神猜度领会我的话然后认真回应或者履行，则能搅起我更强的失控式快感。店家曾经连续两晚给我房间送了十五串半熟的活烤林蛙，还找了个街头画师来给我画半身裸像。我就起着鸡皮疙瘩咬下渗血的蛙头、一动不动地做完模特，然后倒头栽在床上狂笑不止。

习惯了口不对心，我对自己说过的话就产生了记忆困难，来到南方话多起来之后这症状更甚。生平第一次我觉得自己像个浪子，或者比那更妙，像个有失忆症的逃犯。

胸臆间的洛佐语越多地被拟调，反而越像是受了委屈。我亏欠它名分已久，有时让它莽撞出口甚至任由它支配我的肢体也算心甘情愿。在一个集市上，我和一个摊贩争执了几句，也许他不觉得那是什么口角，只是我拿着他的货品比画，同时说着一些听不懂的话。他拿回他的东西，无缘听出我吐露的粗野心意，直接挨了我一个脆响的耳光，捂着脸呆呆愣怔。类似的事发生过几次，我换了几次住处。后来的一段日子，我的洛佐语更是放欢。大概是因为几句闲聊吧，一个生意人把我带到他城郊的场院，开始打捞鱼塘里的鱼出来加工。我担心自己跟他订过货。直接问他我是问不出口的，只能暂且住下，继续跟他胡乱聊天，希望自己可以说出和鱼或者交易有关的话，听他怎么接话。可言语好不容易接近此处时，他只心领神会似的一笑。当天晚上他引着一个打扮俗艳、不算老的女人进我房间，我一见她那副样子就知道她做这种事不久，但可以满足我的所有要求。她在床上叫时，我再次无所避忌地喊出了洛佐语，我放声地喊并且瞪着她示意，她终于弄懂我的意思，现学现用了几句，边喘边在嘴里重复。她比看上去聪明一些，这也是我在这里多住了几天的原因。结束了床上的事后，我也会对她讲洛佐语，她咻咻笑着跟我学，并不多问，大概以为我是从国外来的吧。

我度过了最为恣意的一段日子。那个生意人连日忙着加工鱼肉。

没人打扰时，我就拿出洛佐语笔记反复翻读，虽然随身带来的只有几十页，却有好几处文字隐含的几层意思蜕皮一样翻新绽露，获得这种领悟一定与我可以对着真人畅快地开口有关。比如笔记里的一个重点概念，在其他材料和录音里也被提及，我之前没法明白其中的意思，此时却可以做出推测。这概念说的是一种姑且译为"葡萄结构"的洛佐语现象，其颖异吸引着我不断寻求开口实践——几个音位串联起来，本来应该依据它们的先后顺序表达特定的意思，但这种串音古怪，说出来常常被错听成其他意思，重复几遍则可能引致几种各不相同的会意。洛佐语研究认为，能形成葡萄结构的串联音位都是差异微妙的或者互补的，相互勾连时，常态听觉极难捕捉个中精微，听者无法依靠平常的听觉暂留来回溯串音顺序，就像无法给一坨葡萄排定颗粒顺序一样。所以如果不能超常地专注并即时记取，葡萄结构的听者会听到对的还是错的意思、作出哪种误解，实际上是随机的。

我花了心思找到一个脏词教那女人在床上时喊叫，响在我耳朵里的或许是这个脏词，或许是一种特定称谓，是用来叫远房姑舅家里的少年异性表亲的，偶尔也听似"溃烂的柿子"。不管如何入耳我都觉得无比新鲜刺激。

欢愉的心境中，有一次我读通了笔记里另一相关段落的大意：岛上有少数人擅长使用葡萄结构，有的成了雅趣名士，有的则用此道来搞恶作剧或者传递晦昧信息。但几个大师善于吸纳这种语句带来的歧义，沉迷于在说与听中领受重重歧义疾速叠加带来的快感。这种快感被认为远超性刺激，听着搭档或自己的加速念诵，歧义层层累积，感受节节攀升，最终在颅内体验的峰巅炳爆迸射……大师通过聆听或者自言自语就可以引来的极致高潮我无福领略，但我也在研读这段时加重了呼吸。

每晚女人按我的盼咐做饭菜，有时碰巧真的就是我想吃的。后来每顿饭的菜都变成了鱼罐头半成品，生意人也不再朝我笑，我就知道我该走了。我拿出锁在手提箱里多时的手机，准备捏造一条先带样品回去再付全款的指令信息，想让自己走得体面一点。

然而开机后接连涌入了一簇簇信息和未接来电提醒，我看下去，慌了神。我早知道主任会暴跳如雷，可没想到儿子那么幼小，竟被医院下了病危通知。来自妻子的最后一个电话就在两天之前。

我呆愣了，但不敢愣太久。回程必须及时准确，我却只字难吐，咽喉一阵阵痉挛。来到路上我拦下一辆车，好歹比画着让司机送我去机场，又艰难地买了机票。飞机上我脑袋胀痛，全程浑噩，终于降落在邻近我那城市的某城机场时是在午夜。我上了出租车，在手机上打字，要出租车跨城送我去医院，但进入我生活的城市之后出租车司机迷路了。一股劲儿扭拧着拱出喉咙，我接连喊出"叶脉并不是对称的"和"七十岁以后结伴照镜子"等几句话指路，看过他的表情和车行路线后就咬住自己的舌头恨恨地不再说话了。在出租车偏离得太远之前，我下了车朝医院跑，事后不记得是如何狼狈地跑到那儿，又是怎么找对病房的。

妻子扇了我一个嘴巴，会讲洛佐语的嘴唇开裂了，流出腥腥的血来。我只觉得万幸，因为孩子已经脱离了病危状态。听说他生病起初像在急着学话，随即开始咳喘哭闹。初诊医生要家长耐心喂药精心照护，妻子一个人哄不好连夜哭叫的病孩子，他又反常地一直喊爸爸，后来病情升级为哮喘，几次呼吸困难嘴唇青紫。儿科的重症监护室留了他很久，妻子当然几度崩溃。我回来时，难熬的病程已经在尾声了，帮忙甚多的是妻子的一个在医学院的朋友。几天后孩子出院，妻子始终没跟我说一句话，就好像她也在酝酿一种陌生的语言。

当然轮到我来日夜照顾孩子。他显然是被医院那些针头和管子吓怕了,吃睡都战战兢兢。这个仍团团软软的小东西,每哭过一场,两片嘴唇都要哆嗦很久。有一晚我起床哄他,喂了奶吃力地哄睡时,见妻子睡房的门开着缝,她醒着,正憔悴地坐在床边,准备随时出来接手。我流了几滴眼泪,咽下了咸涩的味道,感觉自己的口吃自愈了。我抱着孩子推开那扇门走进去,面对面地坦白告诉妻子,我学了另一种语言。

"我在外面说它。如果你还相信我……我以后不会再那样说话了。"

我哽咽,但真的不再口吃了。天以从前的色度亮起来,我去单位交代了事情,听足了主任的喊叫,没有回嘴一句,但能感觉到自己口咽间的通道已经像他一样大敞四开。取走了自己的东西,我开始找下一份工作。见到任何人我都表达流畅,而且重新用正常的语言思考,这就像一个骨折复原了的人重新跨上自行车熟练地骑行,并不需要再学习保持平衡。喜悦持续了许久。我觉得该说"早上好"时就会说出"早上好",想教儿子童谣时也能说得声情并茂,夸过女人的衣着还会歪头不假思索地夸她点别的什么,每次都能恰到好处,让对话活泛起来。

如果说有什么让我略感异样,那就是我的喉音仿佛比从前薄了一点,可感觉上却是说话声更加老成了。估计这就像度过了变声期一样吧。在家一呼一应之间，我与妻子有一种音调和声频上的搭配感。

一段日子之后，一切都理顺了。我逐渐习惯了这种通顺，我的语音如此有效，即便把话说在嘈杂的环境里，也不再有人让我重复。一定是每句话里的每个字都可以切中人们心思间的乐谱音符，全然无须置疑。我不再想听见任何其他语种或者方言，觉得它们像鸟兽呻吟似的，让我起鸡皮疙瘩。在老同学里有个中学外语老师，我们以前碰面时她会聊一聊她教学的事，看得出她有点喜欢说那些东西，现在我会尽量避开她，以免她扯出几个腥膻的外语单词。反正我不再缺少朋友，和其他人的相处变得欢快多了。有些人说我变了，我告诉他们这叫作恢复了，前一阶段是有一点小问题。

一天，那个外语老师在路上叫住我，我见躲不开，就多寒暄了几句掩盖尴尬。相比之下她有点唐突，说："你说话流利了，挺好的。"

我笑笑说："前一阵子吧，我工作压力大了点，心理因素作祟，有点口吃。短期一过性的而已，现在全好了。"

"哦，我记忆里……从小你就有点结巴吧。"她说，"很轻微，有时出声有一点点停滞，像是有别的东西想说似的，我还觉得挺可爱的。不过还是现在更好。现在更好。"

我保持笑容，边走开边摇着头。女人就是这样，受过冷落就想说几句怪话，小施报复。我小时是否结巴，难道要别人来告诉我？可我已经不是在琐碎处纠缠的人了。在新的工作单位摸清一些路数后，我又去了更体面的另一家，也把家搬到环境更好的另一区。不大顺心的事就是孩子的哮喘间或还会发作，但这本来也是无法避免的，应对得法就好。我和妻子一起打理好新居，也一点点带大孩子。我们时而一起去参加一些聚会，我越发活跃，家眷在人前也很开心。

时隔几年，又到了冬天时发生一点小波折，我在医院住了几天。但不碍事，我康复了，只是体力有所减损。事情出得偶然，那天傍晚我在路上见到一群人举着脑袋看楼顶，那上面有个女人站在边沿，寒风里衣着单薄头发飘摆。我看不清她的样子，但总觉得她是丹芳。并不是我对她的记忆有多深，而是此前几天刚好有人提起她。当年那个无聊聚会的组织者又找我去聚，居然说这次人不多不会太喧哗。他主动说起丹芳，说她在澳洲出了麻烦，因为语言学研究造假，被权威科研期刊撤了稿子，恐怕还要丢掉工作或者职称什么的。

得闲时我便随手检索了一下丹芳的这件事，果然是有关洛佐语的。她在刊物上发表的文章是关于洛佐语中第四人称的研究的，这个主题一度在领域内得到了一些关注，也有学者意欲附和，对该人称作出了文艺性的阐释，可随即丹芳坚称这种第四人称并非三个经典人称的变异形式或者分拆概念，而是另辟向度、独自兀立的一极。这样定性，没人能真正明确地理解其指向和用法。后来他们认为这类研究过于虚张声势，罔顾学术规范和依据，进而有点冷厉地否定了丹芳和她的文章。几番争执之后语言学界撤回了对洛佐语作为一种真实存在的语种的认可，理由是在当地并没有找到说洛佐语的群体，个别难懂的口音当属某些已知土著语的亚型。而丹芳的最后一次辩解听起来的确脆弱而近乎失礼，是说洛佐语可能是像某些流行疫病一样的"自限性"语言，在局地兴盛一时之后会自然衰萎泯灭，残迹逸散。

辩驳之中，双方提到的地名都不是"提门诺岛"。

我没有为这些过多劳神，然而由此还是无意识地唤起了一些洛佐语的记忆，脑子里闪过了那些貌似精致灵动的东西，那种犹如闭嘴之后才响起的语音和只能随机听取的意思，那种被信奉为语言修炼的口咽腔炎症，还有自我增殖的语言知识……有那么一两个瞬间，我似乎想通了什么，明白了第四人称是什么东西，好像除了你我他之外确实另有一方需要单独界定和指代。我就是在这种头脑有点不大清爽的状况下见到那个要跳楼的女人的，我不知道自己为什么走进那座楼，上到顶楼走上天台。守在天台楼梯口的人一定以为我认识那个女的，知道她为什么站在那里，可是在楼顶我确认她不是丹芳，甚至也不大相像。我该退回去，但我对她说了一句洛佐语，接着说了第二句第三句。可能是受她那副模样感染，我像她一样流泪了，并且一直说下去。显然她没想到会出现我这样一个劝阻者，其间她甚至转过身看着我，皱着眉快要问我究竟在说什么了。

  我说个不停,身后掩藏着的几个人想必观望了很久,读懂了局面,轻声告诉我继续说下去。是执意要说下去还是不敢停下来,我是分辨不清的,只顾声音清朗、感情饱满地说着一种未必存在的语言,不在意自己有没有发出什么奇音怪调。那些句子特别连贯甚或是非线性地辐射而出,像无数藏身崖穴的蝙蝠一心飞扑出来。我不记得这天口吐舌灿了多少迷言妄语,过程持续了多久,只感觉有过一种吐尽肺内最后一丝气息的绝望和一阵痛快的崩塌感。后来救护车的笛声响起来,他们来抢救的是我。

  我昏迷了大概一个昼夜,醒过来之后没做什么治疗,精神慢慢恢复。妻子在我身边,我没问那个楼顶女人怎么样了,只知道自己这次彻底忘了洛佐语,一词半句都不记得了,强要回想时甚至会有点作呕。

  换季时,妻子那个在医学院的朋友来家里看望孩子和我。他查看了孩子的状态,问候了我几句。妻子沏茶时他在一堆废书报旁边信手翻看了那些正待清理的洛佐语材料,然后抽出几张纸问我怎么会有这个。我不知怎么回答,他说里面有些内容好像是上个世纪几个澳洲医生搞出的用来缓解哮喘的呼吸调理发音法,他也是读过一些冷僻的医学史料才对其有印象的。

  他没有想带走它们的意思,只是用手指弹着那几张旧纸说:"或许对你儿子有用呢。"

现在开始失去

记得那天她等我等到很晚，而我一进门就喷着酒气，嬉皮笑脸地把那个消息告诉了她。

我说，在选择失去她的方式时，我选了一点点地失去。她正在拥我，我大概就栽歪着身子，把话直挺挺地说给了她。当时这话混着酒气出口，一定有点难听又有些刺鼻。反正在卫生间里她拍我后背催吐时下手特别重。

我知道她等了一天想听的，是我和老板喝酒时谈的东西，那事关我的发展线路和我们今后的生活。我们喝着公司自家代理的红酒，谈得可说透彻。微妙而又不出情理的是，并不是漂亮的线路一定会匹配美好的生活。这些自然在举杯落杯之间有了结论，但莫名其妙地，回家后我没有对她说，她也一直没有问。我只醉醺醺地告诉她，我选定了失去她的方式。

一点一点地失去，一点一点地。我一边伸出一根手指比画，一边咧开嘴笑。我醉相难看但没胡说，对饮那时有种知觉在活泛地游弋，我遇着了那扇选择之窗，感到它乍现于近旁某处的虚空。在"突然地"和"一点一点地"两个选项之间我选择了后者。我明白自己就像是选择了鸟一根根脱落羽毛、人一天天老成罗锅似的，预定了一种渐变。可能我觉得那才是舒适得体的失去，是配得上我们的一种。

第二天，我们就都忘了这码事。除了老板开会讲话时更多地望过来、我找了读物来钻研酒文化，日子还是一如既往地过。日复一日，我和她仍然相互依伴有应有和。比如我和她的一个朋友闹僵了，她没有多问就站在我这边，不再和那人来往了。她知道我的业务重心变了，不方便再像以前那样因着人情与他合作了。做人处世我没办法面面俱到。她的朋友里有几个成了我们共同的朋友，现在少了一个，但我们俩之间默契未改。

假日闲暇我不想再放懒，她就随我收拾旧物，处理掉不少沉冗件什。其间我们还找到了几年前一起列出的一张单子，上面写的是两个人决意要一起做一次的事。大多事项都很俗气，我看也算是做过了，比如一起去乡野旅行（去过我的老家，那里就是乡野）、一起学一种语言（在老家时我重温了家乡方言，她也学了好几句）……我把单子拿给她看，并抽起根筋，找来笔划去了我认为做过的事。她起初愣了愣神,好像拿捏不好"做过"的标准,后来也起劲儿地帮着我划去了好几项,笔道子很深。

还剩下合唱一首歌录下和一起养一只宠物。而我们的窗台上刚好养着一个亲戚出差前寄养在这儿的一只乌龟。这算我们的宠物吗?她嘀咕。我则即刻操办,打电话给那个亲戚,让他别要那只龟了,给我。我知道这个要求提得突兀了些,就索性没容他支吾,很快挂掉了电话。乌龟归我们了,这样,单子上又可以划去一项,接近完成。其实在这之前我对那只龟没什么耐心,盼着物归原主,因为它总是在清早挠盆的内壁(我们用一个洗脸盆养它),会让我早早就睡不好觉,每每要拧身咒骂一句。而她倒像是挺宠它,把它留在那个阳面窗台,日日照看从没怨过。

趁着心劲儿,我选了一首歌,跟她一起学唱了几天。没有想的那么容易,低音她没法下探到位,只能提高八度来唱,我一开口就发现自己总是找不准节拍。也就是说,我们唱的调门差异太大,合唱部分也总是快慢不齐。她想换一首简单柔和的,我嫌她选的歌太长,要学好久也要录好久。我们就唱原来那首。录歌时我想出点子,自己唱每一句之前都放声吼出啊或者哈,再响亮地带出歌词,以掩盖我进节拍的偏早或者偏晚。

划掉最后一项,单子上的事做完了。这与我近来要把个人生活条理化的打算十分合衬。她却说好像还有什么事是口头约定要做的,没有写下来。我笑了,对她说有也要记得才好。

很巧，我刚刚用了几个周末收拾好旧物，就和她的另一个朋友翻脸了。这个朋友是我们的房东，继承祖产，拥有我们正住的这所房子。因为厨房比较宽绰，卧室采光又好（清早就晒得乌龟爬盆），这个租用的家深得她的喜爱。我们之前就和他说，先租住几年，攒些钱就买下来。没承想他这么快就来问能不能凑足钱过户，说他等钱用，可以给我们老友折扣。其实我们的积蓄用来买房，也算七七八八，可我不喜欢他催我们拿定主意的那种架势。当然，这房子距离我正要为老板搞的分部也比较远。

所以谈不拢是可以想见的。反正眼下屋子里好多物品已经处置停当，很方便打包了。

没想到的，是这次她的立场。这种情况下，我用报出低价的方式去回绝他，不过分的。当晚她就闷闷不乐，几天后有买家来看房后，她就和我拌了嘴。她拿出一张装修设计图，原来几年来我们对这所房子的局部修补装饰，每次都是她总体设计的一部分。她还说如果小小地借贷一笔，买房和完成装修就可以同时做到。她为我们在这里的今后设想了那么多，远超预料，我当然张口就说她疯了。

由于和她的房东朋友情谊不再，新房主又急着入住，我们提前搬了家，搬到了郊区，也就是那个分部选址的附近。新房子租价公道，我们签了三年的租约，合同上还有优先续租条款。我对她说，现在她也可以按她的设计图来打扮房子，但她勉强笑笑，似乎已经没了兴致。无所谓，签约时我动了脑筋，如果真的如老板所言，过两年我就去南亚运营，房子提前退租的条款对我们也很有利。

住进去后的前两天，她都不大收拾东西，只是时而去望窗外的一条河，说这个季节我们应该常常散步。

我搞不懂她在想什么，她解释说想起了我们口头约定要一起做的那件事，就是养成一起散步的习惯。我不想养成任何习惯，却一口答应了她，似乎并不在乎自己能不能践行诺言。实际上，这时有烟雾般的东西在我脑袋里升腾起来，我开始明白我那个选择并非没有生效，也约略懂得了它正以怎样的方式在起作用。作为失去她的前奏，我先失去了我们共同的朋友，除了先后反目的那两个，由于迁到市郊，我们和共同认识的其他人也不会再如常来往。当然，这些人大多可有可无，这是非常柔和的一步。同时，新住处甩掉了很多往日的味道，属于她的气息减少了，也似乎不会再继续积累，这同样可以说很柔和。

早上乌龟不再爬盆了，我每天睡到闹钟大闹，也就是睡到起床的时间底线。我花了些时间，弄明白了这事——我们的卧室虽然还是朝南，却偏西，清早不再有强光直射龟甲，它也就不再早早欢闹。我又想起搬家前我们好像是惯于早上起床前亲热的，在旧居我被乌龟吵醒后虽然会说句脏话，却也保准会翻身面向她，埋头在她怀里，接着我们索性翻腾畅快一番，不惜稍后得小跑着去上班。她的温厚和我的没定力就这样随性地咬合。而这种情形如今也已经不复存在。早上乌龟安安静静，我们各自安躺，就算晚上齐齐靠坐在床，呼吸着新家的气味，看看彼此的神情，似乎也没有必要朝花夕拾了。

也好，早上多睡会儿毕竟是好事，虽然我明白这是逐步失去她的另一种形式。对关于她的事我不那么在意了，而对这种不在意的一步步坐实，自然也是在意不起来的。并不是说我不曾努力来扭转这个势头，有好几次我都想像早先那样，跟她和缓而愉快地聊聊。我们面对面地静静坐着，以我们原本的脾性，什么都可以聊下去，可我发现了一个诡异的偏差——我和她不再能相互直视，我们四目相对的同时，我的视线就会被某种斥力拨开少许，可以落到她的眉额、颧骨或者鼻翼等等地方，就是无法直取那一对眼瞳。在那本该对接之处，我眼前的三维世界会出现褶痕，让人不舒服。其体验像闻到异味，又像遇了某种冰凉的查体器械，会引起回避反射。当然，因为只要把眼神微微偏转就好，这种反射依然是无声无息的。

发现了这个现象，我却过于镇定，甚至是反应呆钝，或许那种不在意已经在我心里漫溢涂染开来。想想看，这相当于在我视野里，她活生生的面孔出现了永久性的缺损，这种可怖又可悲的事，早年一定会使我抽泣不止。而如今，我能感觉到漫溢的东西在继续漫溢，呆钝的我也将在她身边更多地呆钝下去。

一个傍晚，我有意提起散步的事，让她小有讶异。我不会说出我的想法——散步时并肩而行，互不对视是自然而然的。我们翻好衣领扯齐衣襟，出门顺着河走，一会儿看水一会儿看岸边。气温已经很低了，树木徒留风骨，草色黄绿斑驳，河水流得隐敛而小心，好像这样才能晚点被冻住。头两天，走了一会儿她就说累了，后来她似乎体力渐渐好了，每天走远一程。也可能她是不想把可及的景致早早看完。我则对那种暗自运行的东西又多了几分领略。

其实每次散步全程，我们真正肩并肩的情形极少，只会发生几次。其余时候我们走成一前一后的样子，对保持靠近都心不在焉。也许一个会偶尔想起去赶上另一个，但追上的时候仿佛又会忘了协调步伐，盯着前面的鸟或者云，就那么轻易地超越过去。直到结束散步回到家门口，一个开门另一个等在旁边，两个人才算聚在一起。天更冷的时候我们也是坚持出去的，但更像是因为没人提议暂缓一时，或者没别的可做才照旧为之的。我们在河岸上呼出白气，各自用抱臂的姿势裹紧自己的大衣，沿途半走半跑，相互离得更远，像两个人刚巧在同一条路上做着蹩脚的冬季锻炼。

这几个月，乌龟冬眠了，每个日夜都过得极其相似，她在我眼前也没有出现新形式的流失。或许一切会到此为止。我们都进入了冬歇期，如同公司那个分部也因为在等一个酒庄签约，暂时没有搞起来。老板准我这阶段多学习少做事，我便有足够的时间研究葡萄酒的工艺沿革和风味流变。我常常把书带到床上，读到睡着。开春后，河里隐约现出鱼影，物候提示我们的散步跨过长冬，算是形成了一种习惯。

有一天回暖明显，我们都把外衣脱下，担在臂弯，踩着更多绿草走得远了些，竟然发现河边的路指向一座旧桥，桥上绽开着一个集市。我们跑了几步过去，集市还算热闹，沿路摆着各种菜果、茶叶烟叶，还有远来的山货等等。我和她都兴奋起来，在人家的摊档间乱窜，买了好几样东西。那天我们最欢快，说话也最多，跟菜农果农说，跟卖榛子蘑菇的说，也跟外地口音的零货贩子聊个没完。到家时我们都有点累了，微微冒着细汗，我洗了买来的几样水果摆上茶几，两个人吃。吃了两口，她哭了，是那种泪水远多过声音的哭。边吃东西边哭让她很辛苦。我无法解析那种埋在嗓子里的哽咽，也仍然没办法注视她的眼仁，视野缺损有进无退，赫然横在面前。我默不出声，直到皮肤感觉到了空气里的潮湿，心里也没有什么涌动起来。为了应和那种湿漉漉的感觉，我只好低着头，大口地啃吃水果。

再出门时，我们有了目标，去集市，每天都要到那里巡视似的。我性子急起来，路上会把她落下很远。一次，受河泥上逆行的几只野鸭吸引，我回过头，发现她和另一个女人走在一起，胳膊挨着胳膊，走得平平齐齐。我轻笑了一下，心想我走得有多快，她在后面居然交到一个朋友。笑容慢慢淡化时，我发现了她的模糊。那个女人清清楚楚地显形，与之相比，她似乎不再是一个可以正常反射光线的实体。她灰暗了几度，形廓也与外围相互洇染，整个人边缘不清，让人望一眼就想把眼风拨到别处歇歇乏。

又来了。我不大耐烦地转过头。听得见她们在身后说笑，那个女人的声音入耳也很清楚。后来女人常常出现，也时而唤我几声，但我心绪不佳，心里只将其称作"清晰的女人"。

公司的分部开始营业了，由一个比我晚入职两年的同事负责，他促成了公司与那个酒庄的合作。

我时不时翘班留在家里读书，读的种类宽泛了不少，从读不懂的哲学到过于俗套的玄怪故事都有。阳光越来越暖热，午后会充分地照进南向偏西的卧室窗子里。但有些东西已经迟了，她和我先后拨弄过窗台上的乌龟，可碰它几下它才勉强动弹一下，也不吃东西。它像是没法真正从冬眠状态中醒过来，三角脑袋里只有残余的意识。屋子里因而通常安静得很，有时我记不起新近听到的声音是多久之前作响的，也有可能她说过话，可她的声音传过来便被滤去了爽利的部分，余留的则让我昏昏欲睡。她和清晰的女人通电话时，听筒里传来的语音（包括那些抽气叹气、咻咻笑甚至是哈欠）反而是听得清的。这样听到几次通话后，我大略知道清晰的女人住在近处的小姨家，小姨离了婚，好像精神出了点问题，清晰的女人刚好因故辞了职，就来照顾小姨一段时间，会得些酬劳。清晰的女人说没想到这么难熬，在住处没人说话，每天闷得要死。

我觉不出家里安静有多难熬。而模糊的她，亲戚甚至家人已经很久没有出现，也没有任何消息给我知晓。以前至少她是会讲起他们的。

我们在集市上的新发现是，有人在旧桥的远端卖自酿的葡萄酒。卖家搭了棚子，酒瓶码得整整齐齐，瓶身上印着一个浑朴的作坊名，瓶塞粗糙了些。可以用小杯品尝的。我品咂得来瘾，对他讲了许多我读到的酒文化知识，又建议他加几个板凳，他笑着摇摇头。我买了一瓶回家，空口喝了两天喝光。从此我每隔两三天就要去买一瓶。她和清晰的女人由得我去，她们去逛别的摊子，买些琐碎东西。

我再次远远地望她们时，看到她们已经挽在一起，成为囫囵的一团，入眼实在的那一边是清晰的女人。她们常常径自回返，或许比我早，或许晚于我很多。清晰的女人越来越多地到我家做客，不亚于我带酒回家的频率。有一次她们坐在客厅的光亮处，吃不知什么时候煮好的蚕豆，边吃边聊得起劲。当然，我听到的主要是清晰的女人一个人的声嗓，模糊的她浮在椅背和扶手之间，在背后的夕照之中形同暗影。我瞟了她们一眼，看到她们之间也有酒和升腾着的酒兴，心里不禁为那位独处的小姨担忧。我拎着自己的酒瓶进了卧室，半边屁股坐上窗台，对着那只半眠半醒的乌龟一口口地啜饮。

我给酒瓶和乌龟拍了照,发在朋友圈里,写下:我陪过的最憨厚的朋友,我喝过的最好的酒。酒瓶上那个作坊名很显眼。同事们久久不敢点赞,因为老板向来不喜欢我们公开夸奖公司业务范围之外的酒品,为这开除过人。第二天,老板亲自给我点了赞,只有他自己。从此我每次从集市买来一瓶新酒喝,都要发一条几乎一模一样的朋友圈动态。

有些时候,我已经找不到她了,即使是在家里。比如窗口的风吹跑了我的酒瓶塞子,而这显然是因为她刚刚打开了对面房间的窗子,我跳下窗台要去吼她几句,却到处都寻不着她。夜里睁开睡眼,我觉得身边空着,又睡了一阵,做了几个梦醒来,身边好像还是空着。刮风下雨的晚上我也不再能感到两人挨在一起的温暖。就算她在厨房忙着做吃的,身形也会时而熄灭,我需要在能捕捉到她时及时走过去,提示她我当天的口味。我很难再听到她的回应以及任何别的话语,就算那些语音曾被用力地发出来,震颤过我的耳膜,我也会很快忘记它们传达的意义。有几次我起身走出几步,又作罢回到原位,只觉得莫名其妙,后来想来应该是她在别处大声地叫过我,可我在走近她之前就不记得自己为什么要过去了。希望当时她只是有一点小事叫我帮手,一个人最终也能搞妥。

我喝酒时要是往窗外望望,倒是时而能看见本以为在家的她出现在外面的河边,被清晰的女人挽着向远处走,她那边照旧呈现一团模糊。后来我索性不去散步了，酒喝光了就在窗口等着她们现身窗外，等到了喊一声，举起空酒瓶晃一晃，她们回来的时候就会带回新的一瓶，清晰的女人会把它递过来，或者咚地戳在我和乌龟之间。如果我没搞错，递酒的应该每次都是清晰的女人吧，与模糊形影交接东西已经成了难以想象的事。缘于她们的挽挎，清晰的女人那条衣袖上留有一些她的气味。

好多天后，我终于发觉，从某一次出行开始，她已经不再回来了。我不得不承认，这个过程足够缓慢，连从一到零这个时点也不清不楚地移过了。但于我而言，还是要借着酒劲儿确认这个事实。那天清晰的女人离开时我跟了过去，揽过那条胳膊去吸嗅衣袖上的气味，浅淡了很多，已经似有若无。附着于载体的气味是她逐渐消散的尾迹，我明白了一切。

随后几天大概我心下还想稍事追寻，就代替她去和清晰的女人散步。季节原因，集市更热闹更拥挤了，我随清晰的女人去逛她们曾喜欢去的摊子。可几次形似她的身影依稀闪动都是在另一侧的人丛里，起初像是她含混地微微笑过，转眼隐没于别人的遮挡，末尾一两次干脆不像样子，只是影子的边角远远地晃过又幻灭。浮光掠影消匿得轻易，最微弱的搏动也一一静息，不留一个斑点。我知道关于她，我能享用的剂量已经耗尽，最后一滴水滴落，余下的丁点潮湿也正在风干，抽离业已完成，不需要我的麻木襄助了。回到家里，我喝了更多的酒，瞄着清晰的女人，像是怪罪也像是求助。我凑过去，从衣袖到衣襟甚至裤腿，闻遍了清晰的女人全身，再也找不到一丝她的气味。那副饱满的肉身埋住了我的口鼻，我终于停下来，不再白费力气。过后我搂过清晰的女人痛哭了一夜，昏醉中还病了几天，皮囊里外都难受着，只是脑子里已经很难捕捉到苦痛的因由了。

清晰的女人也不再来家里做客了。清晰的女人住了过来，说了很多话，起初是关于我的，细碎言语绵延了好几个日夜，后来说得多了，声音越来越爽利。我也需要这种声调来助眠，来把某种怅然若失的感觉梳软拂散。我从她们的电话里听过的有些事，和我还不知道的另一些事，她（从这里开始我称清晰的女人为"她"吧）都亲口给我讲了一遍。她小姨的病还好，主要是少言寡语，前一阵子去住院治疗了，过些时日会回来。人的确是陷在孤独忧郁里，但只要身有财资，就会有其他亲戚记挂着……

并躺在床，我感受到她身体的圆滚，差不多夜里睡眠的每一次间隙我都能感到自己被她挤着。加之她说的话连同鼾声和梦呓，每一声都能热乎乎地入耳，我感觉到一种别样的熨帖。可一离开这种挤压式的亲近，我仿佛就会跌回一种无所适从。损耗还在继续，这种感觉久久盘桓，身子像在流失分量，有些器官疑是漏点；心也像被拽光丝线的线轴，受惯了一丝一缕的抽扯，如今只要不被握紧就会空空地打转，把余下的气力一直消耗下去。

浑噩里又过了一段时日，我试过再读些书、联络几个新客户，可渐渐承认做什么都没法彻底了结那诡怪的感觉。事业和前程都变成轻贱的东西，不值得顾念，只有那种选择的后果在低剂量但无休止地报复我，还拉着我继续与之周旋。我也无意挣脱了，只想重新推门出去，想继续敞开喉咙喝酒。

有时我把邪火发给她，然后试图对她倾诉原委时却语无伦次。或许是因为我们挤挨得无限紧密，她居然能明白我，无须我再费力多说。她说，她会看着我，并且照顾好我。她说她在小姨家时，那么厌烦和不情愿，都把小姨照顾得很好，何况我是她想照顾的人。她把一字一句向我注入，我相应变得低幼。接下来我该做深长的呼吸，她似乎也需要更多施展，于是我们就重启户外步行。她自然是挽着我，手箍着我的上臂边走边说话，说到兴起的某句，每每会抓疼我的胳膊，搞得我发出怕痒般的哼气声。那动静和听了她的话而发笑大同小异，我就索性陪她接着笑下去，声音慢慢松软。哦，我们有时会走另一条路，先远离河流，走一程后再转弯，竟会兜回集市，只是会先经过卖酒的那一端，再反向经过旧桥回到河边。

这么走，会经过营业不久的那个分部。一面落地橱窗里陈列着那个酒庄的酒品，相当张扬，但透过玻璃也看得到里面的器具布局还合乎我当初的设计，偶尔我也能见着几个同事在里面，其中不乏我当初为自己物色的好用的帮手。

她对我喝酒真的没意见，我过生日那天，吃喝到一半她还出去又买了一瓶。我也不知道她是怎么知道我的生日的，我没对她说过，问她她也少有地没有作答。那段时间她小姨已经出院了，所以她已经不便每天睡在我这里了，但她说再熬一段时间，等她小姨的房子卖掉，人就会由其他亲戚接手了，到时她也不会图惜酬劳，自由自在和陪着我最重要。生日之前她跟我商量好了，把她小姨接过来照看一天，我们也好把生日过得安稳些。我没意见，反正是少言寡语类型的嘛。

当天正好是周日，她老早就买来食材，下了厨房。她用佐料极重，我在厨房外都闻得出。后来在烹炒声中她唱起歌来，唱的是一首谁都耳熟的老歌，我也不知不觉地跟着哼唱，还觉得唱得舒服。她劲头不小，开嗓三起两落就把人带进旋律和节奏里，我觉得自己快要跟着摇头晃脑了，却忽然想到什么。我溜去储物的北屋翻弄手机，找到了那次的录音。播出来，里面充满了我又粗又蠢的声音，几乎从头到尾覆盖了轻细的女声，但仍能感觉到，女声一直在尽力跟随着我，在我慢了几拍时也在用游丝般的拖腔等我……

我呆坐在北屋，南边卧室开着门，她小姨在窗边凝视乌龟，两厢对望纹丝不动。饭菜上桌，我猛然高声大气地过去吃喝，连连夸她的手艺。在自己搅起的氛围之中我喝起酒，酒兴正高时，她小姨直愣愣地走出来，把剩下的酒仰头喝光，然后扭头就回了卧室。她小姨没比她大几岁，有一个光滑白净的下巴，一饮而尽、拂衣便去的架势也带着女侠般的英气。幸亏瓶里余量不多。她见状大笑几声，说要补偿我，让我喝尽兴，就穿上外衣出了门。

我站起来踅步，到卧室门口，看见她小姨眯着眼仰躺在我的床上。这时我却听到久违的声响——那只龟居然从昏睡中醒来，再次在脸盆的内壁挠爬，悉索之声渐变尖厉。它积攒了好久的力气全部以噪声的形式释放出来，听得我喘气又不均匀了。我感到那扇关于失去的选择之窗再次打开，选项略过感官直接在意念里闪动，"突然地"或是"一点一点地"，体内无名的浊躁拱动，我面孔抽搐着选了前者。

桥头往返也不近，她买来酒时我已经坐回桌边了。吃喝重又开始，她小姨再没出来，我们俩喝了个够。那天晚上喝多加上乏累，我睡得很沉，但下半夜就醒了，脑子里试图理清此前发生的事，早些时候的和这天的。我和她正躺在北屋不常用的小床上，因为她小姨执拗地留在南面卧室（不知道是睡是醒，总之同样安静）。我们挤得很，可我勾起胳膊搂紧了她，似乎这倒是对拥挤的纾解。我想了很多，包括那个选择。

在睡觉之前她一度想把她小姨劝到北屋，也给出了两个选择：去北屋，或者回医院。她小姨没听见一样，脸面和身子都一动不动。面对选项居然可以这样怠惰，不去选择任何一个。

到了早上，我已经睁眼很久了。我告诉她我要早点上班，早去早回，让她等我。我说得格外温柔，还想走前再为她做点什么。

张望一番，我只想到了为她梳头。她有点意外，坐直了滚圆的身子。也许是因为挤着睡了一夜，她的头发乱得很，我不放过每一缕。可这事也不简单，每个缠结之处的梳理都让她很疼，倒是让我觉得她实实在在地近在眼前，是真正的触手可及。她说过好了，而我决不敷衍。梳左边时她会疼得发出短短的叫声，后来梳到中间和右边就好多了，她学会了隐忍着享受我的殷勤，每次都只是闷声吭气。

我打理好自己，到了公司就找到老板，说我想通了，愿意去分部，好好地做副手。老板一时忘了把满口茶水咽下肚，愣着点了点头。

没等到下班我就跑回家，在每个空间找她，越找越慌乱。幸好最后在阳台找到了她，她正在打扫角落。我告诉她我明天起就可以去分部上班了，那里近得散步时都会路过，而且以我的资历，想必可以常常泡在家里。她也助兴似的告诉我，小姨的房子有人看中，快要卖掉了。我便像小孩子要继续比试下去一样，说我不想再喝酒了，还要把那只乌龟放生。

傍晚我们在河边蹲下，把乌龟送进水里，看着它伸出腿脚，划动着潜入深处。我迫切地想要从这天开始改变些什么，也想宣示这些改变，好像如此这般我就不是原来的我了，就可以扭转什么撤销什么。我又打电话给乌龟原来的主人（也就是那个并没有答应过把它给我的亲戚），告诉他乌龟刚刚被放生，然后又是没容他开口就挂掉了电话。随即我就拉起她的胳膊，主动和她挽在一起。她不但圆滚，而且暖热。她存在得确定无疑，我们挽着走在一起，甚至像在进行着某种角力比赛，有互相拉拽对方的感觉。我感激得不得了。

直到天色暗下来，周围安静了几分，我才渐渐体认出那种不祥之感。其时她在哼唱节气歌，盼想着个个日子似的，会忽略衣兜里手机的响动。犹如先前的擦碰延时再现，行走间我哪里疼了一下。晚风吹凉我额头的汗，但她的体温填充进我身体，快要把我灌注得满胀。这温暖远非我应得的，除非失去已经临到眼前，要以种种饱足作为先兆。我瞥看了她一眼，她的眼眉嘴角纤毫毕现，她的身形即使在周遭的昏暗里也格外清晰，轮廓带着某种光边，锐利得刺眼。这些正是有无之间那个"突然"所需的蓄势，是坍塌前的堆垒。我清楚地感到自己选择的后果正在兜头袭来，酸了鼻子。她即将在某种闪爆中一下子熄灭。原来那个选择作出之后，残忍就已经就位，它把自己推到极致后，就绝不再施舍给我一丁点时间。

我又看了一眼这个让我周身滚烫的女人，心头再次被她更加锐利的边缘割疼。踩过一片泥泞，她还是话不离口，说今天小姨需要体检，说查体会如何麻烦，而她如何机灵地打发要接手的亲戚负责看护，自己才得以大略整理了我们的住处。接着她又在数说还剩下多少活计要做，窗玻璃该怎样衣物该怎样，说得兴致勃勃，时而孩子似的被迫换一口气。我也需要大口地换气来缓解两眼和鼻腔的难受。

我知道我们甚至不会一起走过旧桥了，但我们已经在桥上，余步无多。一时看不清桥边哪些摊子还在，灯光来自哪里。河水流动的声音比白天大很多，此外也有车辆由远及近开过来的声音，有的马达声相当暴躁。视野模糊迫使我慢下脚步。她的拥搂越来越紧，她身体的每分热度和衣衫的每一丝味道都越来越真切，我怕得打了寒战，不敢想象稍一转眼她的戛然消失会来得多么迅猛可怖，留下的空洞又会多么黑暗冰冷。

你怎么了，出了什么事？她侧过脸看我，惊讶地发问，然后伸手一下下抹我淌出来的眼泪。泪水热乎乎的，沾满她的手指和手掌。迟迟没有等到回答，她就陪我哭了，把热气呼到我脸上，还紧紧抓住我的手。这时她两只手十分湿滑，大概也因为湿滑抓握得加倍用力。她身上的电话又响起来，周围声响和光影愈加凌乱。我勉强面对着这个世界，喉咙里气流涌动，断断续续地挤出黏涩的音节。她脸上的懵懂一下子化不开，而映照之下，那无限迫近的炸裂和闪灭必将使我每个感官都不堪震骇，为之剧烈抽缩。

秋千与铁锹

　　关于我是什么样的人，又为什么会是这样的人，我对你说过。不止对你，我看人拣选桥段，说给所有跟我打交道的人听。那些与我做生意的、来找我麻烦的、求我行行好的人和我得以近身的女人，都有机会听几句或者听几个钟头我小时候的事。我靠聊自己来化解或者拖延问题，就是那些人与人一旦交往便会产生的问题。我遇到的问题多了点，但我的法子对同辈人和老家伙，对嫌我轻浮浅薄的和嫌我贪婪难缠的，都还管用。

　　渐渐地这成了我的本事，在有分量的人或者老辣角色面前也发挥得出来。和你就是这么混熟的对吧，你指着我，对身边的人说这小子讲东西有意思。

　　圈子里外的很多人一搞清楚我的斤两就想转身走开，但只要他们吃故旧隐情那一套，我就可以把我从小就没见过父亲这事多说几句，等和他们熟络起来，再想法子把某些事做成。通常我先从记事时巷子里那个家说起，比如讲我妈带着我搬去后，只能端一盆水到锅台边擦澡，而我会在偷看时故意吓她；讲她修不好屋里任何物件时都会突然转身揍我，而她累了家里便会陷入死寂，久了再有任何响动都会把我们俩吓得一哆嗦。接着我就会说说自己起初如何呆笨，连身边缺少一个我可以喊爸的家伙这事，也要靠邻居们帮我搞清楚；等到略微大些，我又懂得太多了，知道根据生育的要件那家伙不是自来就不存在，而是来过又走掉的。终于有一次我忍不住问起他在哪儿，我妈变了脸色，样子极其陌生，仿佛她也从我身边消失了一会儿。

"没这个人。"她说着神情便恍惚起来，"……都是自找的。"

这话翅膀似的扑打了我一下就飞脱，没了下文，她却犹如哪里被扯破了，久久没能把自己缝补好。之后她再没说过什么，那含混的几个字叫我在后来的好多年月里想不通也吃不消。

对听众我不吝啬，常会提起那张照片，对你说过的，我妈和一个男人抱着个娃娃那张。我妈把照片塞在一个箱子里，只有她从中翻找东西时我才能扫到一眼。碰到那种时机我会凑过去，很想看清男人和那娃娃的脸孔，可她从来不肯让我好好看它。她就是那么刻薄，我很小就觉得她可恶。我不按时吃睡，习惯野猫一样在外游荡，这可以解释为什么我如今会这样敏感又散漫。你早就听过这些，应该会明白我的意思：我其实是个早该被这个世界补偿的生灵。

我对不同的人讲过的事比这里写下的多，口头行腔运句也更圆熟，你们听到的都演练过多次，却大多不算失真。讲起我当年夸我妈做的饭菜好吃，装作出去添菜时把自己碗里的东西都倒掉，我会重现那时的德行。当时一有机会我真的就那么干，一口也不想咽下去。我至今都不知道有些家常菜的确切味道，就像一直都不清楚那个我该喊爸的人究竟怎么了。晚上我从来不会用被子把自己盖暖和，乖乖地睡觉。我喜欢很晚才回家，挨几句骂，躺在枕头上，瞪着眼睛叨咕些没什么意义的话，不怎么歇气，仿若家里有很多人在聊天，直到累得昏睡过去。

不少人和你一样，有兴致听我介绍我最好的玩伴———一把和我差不多高的圆头铁锹。它是再真实不过的。我们结缘那天，前院的丸子在路口告诉我，我姑和姑父来找我了。我不知道姑和姑父是什么人，跑回家时并没看见来客，只见我妈坐在门外的石阶上，散着几绺头发，两手横握着那把铁锹。搬来之初她曾用它给一棵贴墙的枣树施肥培土，差点让那棵树当年就死掉。那天铁锹被她用来迎客或者送客，我看上而且缠上了它。我们如此般配，它又比丸子更有空跟我做伴，我没道理不和它要好。我喜欢把它呛啷啷地拖在地上，也喜欢两脚踩在锹头上沿拔地蹿起，沿路蹦跳着前进，能跳多远就跳多远。在公园里过河，上桥下桥我都要在铁锹上蹦着走,常常在下桥时被摔得鼻青脸肿。但它会陪着我跌翻在地,磊落地躺在我身边。

那是一个半废弃的公园。这么说有点扫兴,但公园里有个彻底废弃的儿童游乐场,被人忘得干净。在游乐场里我可以用铁锹敲打任何东西,然后独自归于绝对的沉静。如果你回到那年月,深入那个公园又过了桥,会看到一片杂芜草地上留有几种儿童游乐设施的锈蚀腰身和残断肢体,比如只剩半截滑道的滑梯和一头埋在土石里的跷跷板。在一个还能晃荡的秋千上,你可能见到一个黑瘦的小男孩揽着他的圆头铁锹坐在那里,或许脑袋和肩膀上有伤,但面对大片杂草,已经找回了他呆愣式的安详。

"你能想象吧?铁锹和父亲——对一个小男孩来说,铁锹可以代替父亲。"

这话我对你说过,你也因而望了我一会儿。我知道讲故事含蓄些比较好,尤其是讲自己的故事。但对你们中的很多人来说,说明白才更好,我要的也是立时可享的同情、好感和方便。何况相比那些心有老伤、少言寡语的人,我早就莫名地走上了饶舌的一极,可能这是从我小时唠叨着入睡开始的。总之在人前除了有意作状的片刻,我没办法深沉下来。

对于铁锹代替父亲的逻辑,我说出来也没有十足的信心。反正当年我拎着或者拖着铁锹,如同父子相牵,在那一带也攒下一些名气。有它在,巷子里那几个大孩子会忘记对我呼吼,只是齐齐地盯着我和它看。我觉得他们眼里有一点像是羡慕的东西，他们爸爸的手臂都平平常常，而我铁锹的木杆和把手已经磨得油光锃亮了。

对它视而不见的，只有那个醉鬼。

这一段你听过的一定很简略，我多费口舌讲他时，对面听的总是女人，而我也一定到了需要她容忍我或者放过我的时候。

大家管醉鬼叫鱼嘴，我猜是因为他咕嘟咕嘟喝酒时嘴像一条草鱼。他拎着酒瓶打过人，偶尔也挨打。遇到他小孩都会躲着走。我和丸子一起上学时，他远远地看见鱼嘴，就拉我窜进岔路，我先看见时也会拉着他躲开。我能感觉到他对他那种等同于惧怕的厌恶，也明白那是为什么。鱼嘴喜欢捏小男孩的裆里，估计这一带的男孩大多受过他这种欺负。记得他摇摇晃晃地走着，会突然抢几步凑过来抓你一把，疼得很。我要是拿着铁锹反而跑不快，更加没法伸手挡开他了。

他尤其爱捏丸子，偏爱到拉住他后会讨好似的说"就这一次"，然后下手抓握好久。当然每次都不会是"就这一次"，这几个字便越来越让人反胃。

丸子只比我大一岁，他妈和我妈好像是原来住处的邻居，碰巧他妈嫁到前院，我们也搬到这边。他读书好，他妈话不多，我妈便愿意我常跟他在一起。相比我在校里校外的浪荡，丸子在学校坐得住，人干净也聪明，老师们都对他不赖。只有在巷子里他不自在，嫌大孩子们粗野，鱼嘴对他也越来越过分。我们难免和鱼嘴碰上的几次，丸子会从我的另一边跑走，我就拉开架势去隔开他们两个，鱼嘴则恼火地转而抓捏我，会使出更大的手劲，甚至曾搞得我那里肿几天。我难受得咧嘴，可感觉这样对我和丸子两个人来讲还是划算的。

如今如果我和哪个女的过了夜，觉得脱身有点麻烦，就只好让她感受到我那根深蒂固的扭曲和由此酿成的不好招惹。我会把丸子的经历也安在我身上讲给她，告诉她我每次与人亲近都要卖力地掩蔽小时的回忆，她要是想重来一夜，就会让"就这一次"的腌臜喉音在我耳朵里来回响起，惹得我暴躁发狠。要是事态相反，是我正缠着某个女人，我来了劲而她受不了我的强蛮，那我自然也会停下来抽支烟，讲出这一段，只要把我的扭曲反着说，说那个被醉鬼搅浑的童年让我对那种事着了魔中了邪，有别人的温顺来医治才能慢慢平息下来，想甩开我总会适得其反，惹得我暴躁发狠。总之讲过这些，或者再加点下文，她们都该相信，我只能像眼下这样混账，别无选择。

有一天我又逃了学，天快黑时，我从公园兜回巷子，还不想回家，就往窄路里走。这是一条被封死的路，堵路的老墙已经残破，我想跳过去看看那边是什么。然而再拐个弯就要到尽头时，丸子从拐角里冒了出来，身后还有鱼嘴咯咯的笑声。伴着他嗓音的似乎是一股酒气和黏痰混合的气味，让人闻了再也不想喘气。

丸子裤腰散乱，一手抓着它往外走，鱼嘴不再瞧他，往另一边走去。我跟了丸子一段路，他一直没理我，可恶的是，路上那股难闻的气味久久不散。

后来丸子走路常常有他爸爸陪着，我见过他们父子两个和鱼嘴交错走过，鱼嘴的两只鼓眼睛盯着他们看，而丸子的爸爸板着脊背，似乎和他儿子一样紧张。一年多以后他家搬走了，但我知道，那时他们搬家已经不是因为醉鬼鱼嘴了。

现在多讲些补充情节给你听，就像带你趑进一片旧巷的一个个暗角，或者扒开一块老皮的一条条褶皱，可也不算你偏得，毕竟我们曾经来往得热络。你像个人物，我办事也不笨，为你解决过一些问题，对不对？巧的是，前两年在南方这个行当的圈子里，我瞥见一个人，大概就是丸子，我认得他耳朵的豁口。他喜欢把嘴凑到别人耳边说话，再嬉皮笑脸地离开。我打听了一下，人家说他向来是个没用的货色。

说得有点啰唆了，但无妨吧，我相信你眼下不急着把我的话听完。

记忆里那一带砖石老旧，砖缝石隙间却会蹿出愣头愣脑的新草，巷子里的吵闹和阒寂也总是来得不合时宜。那几年雨水不多，我曾把每场大雨想象成对蜷曲巷道的清洗，又觉得那些生了老泥的墙和路在雨里反而愈发滑腻，还肠子一样冒出腥味。我便甩开我妈的叫骂，要淋着雨去公园，觉得没有更爽快的事了。雨地上我见过一小团浑身泥水微微蠕动的东西,看不出是什么崽子,大概刚从它妈的尾巴下边掉出来就被扔了。雨停后那群大孩子会怎么挑弄它可想而知。我踩上锹头眯起眼朝它蹦跳过去,让铁锹戳地的节律决定它的死活……

　　下面的事不是对谁都说的,但只要有必要,我就会爽利地讲出来,就像对你讲时那样。因为事到此时,多半是我习惯性地胡来过后,别人恼火了起来。我在不该消失的时候消失,又在不宜出现的场景潦草出现。有人薅起我的衣领来告诉我他们对我搞砸的东西有多在乎,像你这样的人则会让人带走我在乎的东西,等我自己送上门去。和你弄成这样我心里竟然有点不是滋味。可无论对谁,除了赔罪,我最好能快点自圆其说,讲明既然你们给了我机会,我当然要勤快一点,去搞来更大的甜头。一旦你们脸色缓和,我就不惜讲出更多,让你们相信我这堆残砖碎瓦有时也可以自行堆垒起来,扶靠得住。如果我当时切入得比较急促,现在再详述一遍,你会听得更明白。

　　我在我的地盘遇到过一些麻烦。就是在丸子的爸爸陪他出入那段时间,我更频繁地去公园,几乎认识了儿童乐园附近出没的每一条灰头土脸的猫狗。也是在那阵子的某个清晨,我听到我妈和隔壁邻居说话,大意是说醉鬼叫鱼嘴其实是因为他用那张嘴对人做过什么事。我没法完全听懂她们的对话,只觉得听起来很恶心,连她们说那话时的古怪腔调也透着奸邪。就是隔壁那个女的,不久前还眉飞色舞地跟别人说我妈"守寡守得舒服着呢"，见我路过也没有住口。

我妈瞪着眼睛让我没事别在巷子里溜达，我没理她，反正我的地盘在公园。可随后，我竟然在游乐场里看见了鱼嘴。我过桥时就愣住了——在那片荒芜地，他坐在秋千上，手里提着酒瓶。这时的草正高，他与周围的破败搭配出了另一种效果。不知道他是不是抓不到丸子，有意来找我的。我从铁锹头上下来，攥着铁锹杆望过去，希望他喝几口酒就离开，可他喝过几口，栽歪着睡在了秋千上。之后的日子他动不动就出现在那里，占据着秋千，而我站在桥上恨恨地望他也成了常事。

事情就出在一个这样的日子。那天我在桥上望那边，有人从背后拍了我的肩膀，吓得我打了个激灵。周围太安静了，而我正一心诅咒着远处的鱼嘴。我扭过头，见到一个戴着沿帽的中年男人，侧光中轮廓清楚得割眼。铁锹滑出手心，当啷一声掉在地上，这时我仍然没真正想过它在某些情形下可以有什么别的用处和用法。

男人竟然说出了我的名字，是全名，还把目光结实地戳到我脸上。见我又打了个激灵，他笑了，两排牙很白，胡茬铁青。除了那个带沿的帽子，他还穿着一件深色的风衣，好像独自活在另一个季节。

"是你吧？"他又说。看得出他发问前拿捏了一下声调，但吐字还是生硬,不像是在对一个小孩说话。

我张着嘴点点头。我有种强烈的直觉,觉得这个人与我有某种特殊的关系。而对我来说,对特殊关系的感应则是更加特殊的体验,让我有隐隐的耳鸣。

"我去找过你妈,她没在家。"这话说得还算轻缓,"巷子里的小孩说你可能在公园。"

我还是没说出什么,冷场让我们好像陷入了一场对峙。但我心里却缓了神,冒出一个含混的想法。

"你想吃东西吗?我带你去。"

等我摇了头,他呼出一口气,明明嘴巴里没叼着烟,却吹来一股新鲜的烟草味儿,"你在这儿干什么呢?"

我慢慢抬起手,指向了秋千和上面的鱼嘴。为这个简单的动作,我好像等候了很多年。

他顺着我的手臂朝那边看去。

"你想打秋千?"

我点了头。故事讲到这里时,我也会学着小孩子的样子点两下头,看看身边听故事的人是否进入了故事的氛围。我记得你听得挺入神,没理由一点也不为所动。按说你年纪够老,应该很懂得听人忆旧,给你讲时我还稳了稳气息,有意把下面的情节讲得绘声绘影。

"那走吧。"他拉着我刚刚伸出的那条胳膊,我拖着我的圆头铁锹,走向那个废弃的游乐场。我想他未必一下子就弄懂了我真正的心意,但随着事到眼前,他很快就会明白。

他当然早就看见了秋千上的鱼嘴,走近的过程中也会看清那瓶酒,但他的脊背不像丸子的爸爸那样僵硬。在我胳膊上,他的手掌粗糙而又饱满,握出了恰到好处的一点疼。

我们走过去的架势或者是我的铁锹拖在地上的声音吸引了鱼嘴,他盯着我们。

"能让孩子打一会儿秋千吗?"他仍然把话说得生硬,却的确用了个问句。

鱼嘴嗤笑了一声,见他盯着自己,懒懒说了声:"等着吧。"

我紧张透顶,可他向四外望望,稍后拉着我说:"我们走。"

我没听错他这话。他带我来到游乐场的一个角落,似乎是因为鱼嘴的话,又像是与那家伙毫无关系。很奇怪,对这个角落我竟然不熟悉,甚至是从没留意过。那里竖着一块铁牌子,牌子老早刷过油漆但已经锈迹斑驳,上面的字迹有的被锈蚀,有的随漆皮剥落,剩下的也都褪了色。

"你认识这些字吗?"他指着牌子问。

我想字成了那样,就算是丸子那样上学听讲的小孩也是看不清认不得的,便理直气壮地说不认识。

"嗯。"他像个老师的样子,弯腰捡了一个尖头的小石子,在手心和手指间掂了掂,开始用力描牌子上的字。与其说是描,不如说是刻,每一笔都写得咔哧咔哧作响,锈屑和漆皮随之掉落,牌子上留下一条条深痕。石子划铁的声音有点刺耳也有点滑稽,可每个字写成后,看上去又都工整得很。

"游乐设施——游玩的游,快乐的乐……"他果然在像老师那样教我字词,一个字一个字地写给我读给我。我被他手上的力气和那种心无旁骛惊呆了。

"仅供……"

"十二岁以下儿童……"

"在家长陪同下……"

"玩耍……"

写完,他问我有没有看懂。我又点了头。最后,他还把牌子一角的一个图案描刻了出来,是一朵跃出锈迹的小花,虽然被石子勾勒出来显得呆头呆脑,但花瓣重生,茎叶俱全。

"你记着,好好认字,还得搞清楚什么是你的,什么不是你的。"他指指秋千说:"去吧,你可以去玩了。"

我望望鱼嘴又看看他,完全不明白他的意思,可还是硬着头皮走近秋千和鱼嘴,然后像个傻瓜一样站在那儿。

鱼嘴见我过来,在秋千上蹬着地凑过来,笑嘻嘻地猛地伸手抓我的裤裆。我躲开了,往回跑。戴帽子的男人正从牌子那边走过来,迎住我,拉着我又回到秋千旁。

"那有块牌子,"他对鱼嘴说,"写着这东西是给十二岁以下儿童玩的。"

鱼嘴还带着他脏兮兮的笑,晃晃酒瓶说:"我他妈就十二岁……"

这时我手里的铁锹嗖地脱了手,在他手里随着他的臂膀扬起又呼地回落,锹头霹雳一样击中鱼嘴的后脑勺,发出拍击巨石的脆响,还有嗡嗡的回声。

秋千当即空了出来。

"还得有家长陪着。"他一边对着在地上抽搐的鱼嘴补充说,一边把铁锹插进草地里,然后示意我坐上秋千。鱼嘴的两眼加倍鼓凸,头上涌出来的血正漫过头发往地上流,嘴巴开翕吐着沫子,这时真的很像条鱼。

那记挥击我讲述时甩起胳膊模仿了。你眨了眨眼,安静地继续听下去。

当天打完秋千,我小跑着回家,一进家就把铁锹放在我床下,一口气喝了半壶凉水。我没对我妈说那个戴帽子的男人来找过她,也没说有人把我的秋千荡到了最高,然后一声不吭地走了。我走到一个柜门前,知道我妈先前把那箱子塞到了柜子里面。那张照片近在咫尺,但我妈正从外面回来,听到她进门的声音我就没有伸手。我突然不想为这事惹恼她,回想那男人在公园里提起她时的样子,我猜她曾经也是个不赖的人,或许也有过几分甜美。而且对当时的我而言,照片上的男人脸孔倏然变得可以想象,近乎映现而出了。

  从那天起，我不一样了，周身毛孔都齐齐重开了似的。我能听我妈唠叨上几句，有时会略显生硬却带点认真地回她的话。我还开始用心读书。我竟然不笨，很快认识的字就快要赶上丸子了，这令我们的老师诧异。我每次去游乐场都要用小石子把那些字描一遍，但我不再带铁锹去了，那把铁锹已经珍奇无比，锹头上面有一点软组织留下的黏污，还粘着鱼嘴的几根头发。我时而可以抬眼瞧看巷子里的邻居们，也不再那么厌恶隔壁那个女的了，有一次她偷摘了我家的枣，我就高声大气地又送了一些给她，并留在她家吃了顿饱足的饭。

  那群大孩子在路边对我叫唤比画，问我铁锹哪里去了，我安静地走过时甚至略带笑意。我知道他们早晚会变得灵醒些，我也会。我们都不必做鱼嘴那样醉醺醺的浑蛋。想到鱼嘴，我想看看他现在的样子，看看他会不会瘪掉半边脑壳，嘴里永远吐着沫子，但从那时起我再也没有见过他。我想如果他死掉了，那个戴帽子的男人暂时不回来也好，这是只有我们两个才心知内情的事。

  我开始好好吃饭和睡觉了，就一天天地长高长胖。我会点几个菜让我妈做，起初这让她有些措手不及，好几次我听见厨房里的锅勺菜板被她搞得碰撞一通。所有变化的加总让她惊奇，犹如眼见着我重新出生了一次，还是自己爬出她肚皮的。然而实际上，我只是在心里听了那个男人的话，反复重温着他的语调，同时由瓢子里舒展开自己。

这里是我大多数忆旧讲述的尾声，之前对你讲的应该也是停在这里。你不信孺子可教那一套，至少也该从中看到一个顽劣坯子同样可堪塑造，要是得到机会——哪怕是一次莫名的触动，也想活出自己的形廓吧？也许真的是从那段时间起，我体会到了做一个有来处也有去处的人的感觉，明白自己并非注定是烂瘫之物。时至今日这种感觉也还在的，说起来我自己胸膛里也会再搏动一阵。

听过这些，有些人虽然摆手叫停，却由得我去为他们搞作下去，我得到周旋的余池，也会想办法对他们有所交代。当然也有些人不是这样，我需要远远躲开，直到他们懒得再理我。躲不开的是你和另外两个家伙。假如那套说辞能触动你们，我也能再做点事讨你们欢心就好了。说实话我后来想过，你有点像那个戴帽子男人老一些的样子。我最想让你相信我的浪荡不定有其缘由，也不是无药可救。你有拉人上岸的能耐，我也想稳稳走几步。矫情些说，再粗糙龟裂的心底，要是得到些许滋润，也可以期待脉络重生枝叶再现。

然而没办法，旧事新事都不止于此。无论我心底需要什么，现在都与你们无关了。因为不能马上吃进甜头，你们便只当是多看了我一场戏，回头就来亮明自己有多毒辣腥冷。托你们这种人的福，我曾经半个身子悬在十几层楼高的空中，腰差点被天台栏杆硌断，也在野地里奔跑过一整晚，摔得全身瘫软，觉得自己不会再看见太阳了。所以当我有机会和你们再叙旧时，就一定要把故事继续讲下去。尤其是你，你懒得瞪瞪眼，就把狠手结实地朝我挥过来，知道我妈那个老太婆因为这件事怎么了吗？她虽然可恶了半辈子，但该受的不是这份惩罚。

而且今天能单独和你聊天实在不容易。如你所言，你不是白白在世上混了这么久的，你前后没人的时候真是不多。

收起铁锹过了一年多，我成了一个蛮不错的少年。鱼嘴没有再出现，他的事反而传扬开来。连那群大孩子也在讲他会怎么用嘴对付小男孩，他们眼泛怪怪的光亮，说相比早年，鱼嘴对这里多数孩子还是口下留情了，他们自己曾经经受过的抓抓捏捏简直不值一提。说得好像在声张自家的光彩。丸子不知道什么时候也混在他们当中，别人说笑那事他也咧开嘴，眉头也变成八字，却总是发不出笑声。

现在在学校却通常见不到他。见着那次他也样子古怪，边甩开我边说我姑去过他家说事，随后我妈和他妈翻了脸。最后他回头瞥我，让我妈闭上嘴，还有我，也闭嘴。他说愣了我。

他爸爸倒是去过学校，但不是找他，而是去让一个女生家长指着鼻子呵斥，被骂了很久。

有一天，我看见那群大孩子聚在巷子深处，丸子也在。见我经过，他们又叫又笑，声音出奇地大，有几个还朝我招手。我没弄明白是怎么回事,往那边走了几步。

"你爸怎么不认你呢,还跑去跟你妈的姘头拼命,谁赢了?"有人对着我喊,喊得我眩晕起来。

"事先咋讲的啊,赢的要你还是输的要你?"

"给我们讲讲,鱼嘴在那儿是怎么搞你的?"有人指着某处问我。

他指的地方就是一道残墙拦截出来的那个死角。我看向丸子,看明白那神情,才大峤明白是怎么回事。

问话的那个笑得丑,还对丸子抬抬下巴。丸子也跟着笑,他站在几个大孩子中间,显得格外瘦弱,但笑态格外突兀。

见我要走,又有人问我铁锹哪儿去了,是不是那天被鱼嘴抢过去劈了:"没它你就吓瘫了吧,他有没有用锹杆往你屁股里戳?来啊,讲讲,你自己肯定比丸子讲得细!"

我低声骂了一句。他们中的两个脸上挂着笑,走过来把我按到墙上,撞了两下头,朝我脸上吐了口水。我一直扭脸对着丸子,那些腥黏的口水顺着脖子流了下去。后来劈头盖脸的一顿巴掌里,我闭了眼,但确信他伸了手。

我披挂着巴掌印子和唾沫跑回家,从床下拿出铁锹端详,上面黏着的几根毛发已经不见了。我妈不知道我挨了谁的揍、发的什么疯,边骂我边要夺走铁锹,我自己把它当啷扔在地上,让她把箱子拿出来打开。

"什么箱子？"她不肯就范。我指指箱子所在的柜门，同时径直过去，把它从一堆旧衣服和被褥里挖了出来。她不打开我就摔开。我挨了她几巴掌，也让她晓得了我今天的不同。可我毕竟力气不够大，拉拉扯扯闹到天黑。她哭了。箱子开了，我如愿以偿，看到了那张她和男人抱着娃娃的照片。我压抑着手臂的哆嗦，像渴得要命时得到了水囊急着下口，对着照片满眼望过去，吸取每道线条和每处明暗……终于，照片上男人的陌生真容惊得我呆傻下来，娃娃另一旁的她眼里也不见甜美，而是向我射出讥诮。我不甘心，又去仔细查验男人的脸型、眼眉、胡茬和嘴唇之间露出的牙齿，直到我记忆里要与之对比的那个印记近乎被涂改混乱。

我摔了照片，一屁股跌坐在地。

第二天我没去上学，之后几天也是。短短一段时日，学认的所有字词都在脑袋里飞散无踪。我在巷子里和周围游荡，有时会看见丸子，但他不是混在那群大孩子里就是在自己家院子里。他妈在外面不多言语，在家里却没少说，那嗓音隔墙听着也是刺耳的。我听不清字句，但可以想象近来关于我家的一串串闲话最初是以什么腔调炮制出来的。

有一次丸子竟然独个出现在公园游乐场里，我只是老早之前对他提起过那里，但没说随时欢迎。我走近游乐场，他又没了踪迹。直到有个节日的晚上，那群大孩子在路口点火玩到很晚，他也快到半夜才往家走，老朋友这才相见。在几乎能见到他家房山的那段路上，他看清了路边等他的人，有点诧异，可还是站定了。

"铁锹还在我这儿。"我说，"你可以告诉他们。"

他费力地笑笑："你自己去说呗。"

我也笑笑："最近走路不用你爸陪着了？"

他愣怔一下，抬腿要走，铁锹从我手里抡圆了，在夜空中呼地划了半圈，正好拍在他脑袋后面。也有拍到石头一样的脆响，也有嗡嗡的回声，就是拍响之后锹头不大讲究地斜着滑行，划过了他的耳朵和脸皮。

他伏卧在地，半张血脸皮肉翻露。

"最好还是陪着。"我冲着他说。

从那之后，我当然就再没上过学。我倒没有也混进那群大孩子里，丸子能出门后还找他们又胖揍过我。我只是重新天天拎着铁锹，不是又在路上堵丸子，就是跑到游乐场的秋千旁狠命地挥动它。我知道那样对付丸子一次也就够了，但多来几次我也不介意。他父母越是找上门我越要摆出一副顽劣到底的架势，一直到他家搬走都是如此。

我可并不希望多一个人听到故事的这个结尾，因为讲到这儿时，我心里和身外也都会生出凌厉的器物，即将挥舞起来。很显然，这样的怀旧操练也不会任由我常常上演，所以每到此时我都会把讲述的生动发挥到极致，也要让自己的动作利落畅快。再说我兜兜转转才像在巷子里等到丸子一样，等到单独找你的机会，眼下更是不会敷衍。你一个人听我说这些时原来是这副样子，既不安泰，也没了威仪。其实到了这地步我倒是与听故事的人有一丝共情，我和你们一样，希望上面的凌乱往事都是我信口编造的，而我说出它们纯属虚张声势，随后不用真的绽出狰狞。可是相当遗憾，它们无论多无聊多难听，都是我编不出也忘不掉的，如同长在皮肉里的网绳时时勒在那里，要猛地抽紧时有多狠戾更是完全由不得我。

耳朵还有什么用

　　起初我不知道自己为什么会惊醒过来，我看看周围，一切似乎都该继续下去。天黑着，看窗外的灯火和月影，夜还没消耗多少。空气里和身上的溽湿都是我已经熟悉了的。身前的书桌上亮着台灯，大概是我在这段瞌睡之前按亮的。压在胳膊下的书稿摊开着第十六页和第十七页，下面还有五百来页，足够与我继续厮守下去。

　　这段时间我也接纳了自己打瞌睡的方式，几乎用它代替了一大半的正式睡眠。一般是在读到书稿的第九页或者第十页时，我开始觉得椅子和书桌不舒服，让阅读兴味严重下挫，同时也在消磨我离案的力气。接着翻几页，这套桌椅又显得过于舒服了，引我耽溺，让我两眼一次次失焦。想必我的上身是迅速萎软下去的，随后一侧脸皮死死地压在书稿上，两条胳膊娇憨地在脑袋外围环抱起来。

每次起身腰背都会作痛，我想我读弯了腰椎，或是睡弯了它。

书稿是白老师留下的，她写它一定就是在这张书桌上。加之出版社退了稿，没让它面世，我成了最偏得的读者。每次决意阅读时我都横下心，要扫清之前睡意留下的记忆盲区再图强力掘进，结果盲区牵连出盲区，我总是不断回溯，总是索性从头读起。也就是说我每次翻弄的都是前十六七页。这些反复刷入眼帘的文字塑成了我的瞌睡习惯。我睡倒得势如沉沦，在睡中历尽起伏，每段瞌睡之间醒得很浅，就像向水面浮升时懒得伸出头喘口气，噘噘嘴做做样子就直接勾头沉降下去。在那潦草浮升的分秒，我可能会懂事地整理一下手边的书稿边角，抹抹嘴角或者按亮台灯。

这些小动作连同我每次读下去的决心，无不证明我对这部书稿的尊重或说记恨。我与它关系非同寻常，有足够的理由保持尊重和记恨。写它的白老师是我妻子，写完它她死了，一年前的事。我早就知道她有这样一间屋子，她会任性地来去，也会在里面做自己的事，但我没想到她在这里写出一部叫"软骨"的小说，还养了一条狗。她那个出版社的朋友把书稿交还给我，房东把狗指给我，两次让我惊慌失措。

处理完她的后事，我续租了这间房，我想我应该仔细地对待那些字句章节，好好完成这份私人阅读。

也可以说，阅读《软骨》的这份私密，是对白老师的弟弟小白的一种回击。小白是我以前的同事，也是把白老师带给我的人。在他入职的实习期我帮过他，他也孺子可教。我们之间的敌对情绪是从白老师死后才一发难收的。简单些说，他怀疑白老师的死与我有关，说是我让他姐姐经历了创痛，厌倦了过活，是我损毁了她活下去的意志，导致她了结了自己。书稿的事他说他早知道，我不配私藏它。

"把《软骨》给我。你要是擅自毁了它，只会坐实你的罪孽。"

一般他就是这个腔调。一开始我不知道如何辩解，只会说他姐姐被捞上来时是穿着泳衣的。后来我也跟他较上了劲，故意奸笑着告诉他，书稿太过意味深长，他这辈子都消受不起。

身负尊重、记恨和敌对相交杂的情绪，又交足了房租，一个阅读者是不该被打扰的。然而这天，什么东西惊醒了我。或许这段瞌睡略微沉冗了一些，我睁开眼，并没有觉知到截断它的是什么响动，只是醒来后听到那条狗在外屋打转。狗一定是受了惊，在急躁地追咬自己的尾巴。这一年来它被我闷在室内，变得越来越胆小敏感，追咬尾巴打转是它以应对现实的姿态来逃避现实的办法。可它太瘦了，做出再滑稽的动作也没法显得可爱。

这条狗是我续租这里的理由之一——我带不走它，房东也绝不留它，说白老师在这里养狗是违约，还不客气地要我去除房子里它的屎臭尿臊。我哪肯做这么卑贱的劳力，就当即硬气地说要继续长租他的房,让他少管我家的事。于是我搬进来,每天亲自忍受狗的屎臭尿臊。与我相处,它拉屎渐渐干结,气味愈发古怪,有时还带一点腥气。我也不大懂得带它出去便溺,试过一两次效果不佳,便只是隔两天为它做一次粗略的、斩草留根的清理。可我不愧为一个有隐居心性的阅读者,过了一阵子,我适应了那气味。

"是那狗。那狗我带不走。"我对别人这样解释自己住到这间房里来的原因。小白要书稿时似乎觉得狗能跟他互通款曲,也试图弄走它,我自然不会就范,宁可让它在我这里一直便秘下去。

醒了醒神,我怎么也该猜到,刚才是有人重重地敲了门。

我想站起来,可腰一疼腿一软,打了趔趄,同时也来了脾气。能来这里找我的,我只能想到房东和小白。前者是不会轻易来的,我看得出他怕狗,有事他一定是先打电话。小白会来拍门。他对我已经那么尖酸那么憎愤,就像我在虐待那狗,同时对那摞书稿搞着什么恶心勾当似的,冲撞进来夺走书稿顺便拐走狗,于他是随时干得出来的。我这冒出的脾气也便是为他准备的。

我站稳,朝门口走。这时敲门声也再次响起来,门厅里还没停转的狗则像个冰陀螺又被人补了一鞭子,转得连成个环。我打开门时,已经尽力不礼貌地扬起了下巴。

幽暗楼梯间的气息扑进来,竟有几分清新。门外是个更加不礼貌的女人。

女人两眼空洞，动作倒和想象中的小白相仿，趁我愣怔，直接擦掠过我往屋里走。她身上有一点点酒味儿。途中她看看狗，狗承受了那眼风，又挨了一鞭子一样，继续狂转。我替狗吼了她一声，同时也觉出了她的眼熟。

她回过头来，过于放松地看我，样子算不上醺醉。我没领教过这样的到访。要想抵消眼前的粗鲁，她需要是个相当年轻的异邦美人，而实情是她也栖身在这几座偏离城区的楼里，有一张圆脸，我偶尔能在楼下见到她遛她的狗。

"狗不是这么养的，"她甩动胳膊让我看看它，然后又指着里间说，"读东西你也不能这么读。"

我愣了愣，快要被她气乐了。这话好像比小白的斥责更无理。我问她是何方神圣，我怎么招惹到她了。

"我看得清清楚楚，你从来不遛狗，一读东西就睡，比你老婆差劲太多了！"

她甩手在鼻子前扇扇，仿佛我时时吸入的狗味儿让她受了多大的委屈。接着她居然扭头进了里间，朝书桌比画，意思是读东西瞌睡的事有现场为证。

冒犯来得越发莫名其妙，可我也看得出，这女人不是可以即刻赶走了事的，何况她提起了白老师。我胸腹运气把火气缓和下来，再次调用隐士的心性。

"我在附近见过你。你认识我爱人？"

她倒极其简捷地指指窗外,算是做了回答。外边近处就挤挨着另一栋楼,那些窗子都像是在瞪着这边。我想她该是住在对面楼里,隔窗能看到我这屋里,而且没少那么干。知道亡妻和自己先后被人窥视了,我安心了一些。

"你老婆不就是那个野浴溺水的姓白的老师吗。这附近人不多,闲话可也不少,何况出了这种事。"她在书桌沿上半坐半靠,身上是一条睡裙加一件男式衬衫,"估计你也该听说过我吧?"

"没听说过。我不喜欢聊天。"

实际上这时我想起在楼下听到过别人的议论,大意是说这女人频繁地换狗,又总能把新的一只养得极肥。当时她牵着狗,离得不远不近,狗正信步用浑圆的身子把一片野草踩倒压平。估计我只要缓缓步子,就能听到别人对她私生活的点评。

难怪她不怕狗,也没怕我替狗发出的一吼。

"嗯,你不喜欢聊天,就喜欢自己边读边睡。"

她在衣兜上摸了摸,没摸出什么。我以为她会开口跟我要烟,但她顺势做了个搂抱的姿势,说:"你会跳舞吗?挺提神的。"

我只好当她喝醉了,皱起眉说:"你先说清楚,你经常偷看我爱人?"

她动动手指,再次示意这里的楼间距之近,"也不算偷看,到窗口就能看见。一开始我以为她也是个情妇呢。"

我斜眼瞄了瞄她,又有点扬下巴,"她是大学副教授。"

女人令人生厌地笑了。看来她对自己的出格言行没打算收敛分毫。有点像那年的白老师，突然告诉我要搬出家里，随即忽地消失，狂悖至极，及至一年前丢了性命，也的确像是恣意为之的。可这女人的"野浴溺水"之说该让小白听听，这说明就连流言也没有对白老师的死因妄加推测，没有虚张出另外的说法。这样想着，我得到开释一样硬朗起来。

"她的事轮不到你来猜！"我给了女人冷厉的脸色。这话我对小白说过，脸色也对小白用过。所激起的反应当然不同——小白使足力气控制着自己的肢体，才没有走到我面前抓我的衣领，这女人则狠辣得多，冷笑起来——

"对对，应该先由你来猜，你猜到了吗？"

不知道是由于语塞还是恼火，我嘴唇有些发抖，但也学着做出某种冷笑。我四下看看，无以挥斥，就瞥了瞥外屋说："好，你是女的，闯进来我也不能把你怎么样，但如果我家的狗冲你来，你怪不得别人。它可不是只会养膘的那种。"

女人离开桌沿，却转到椅子那边，坐下了。"狗我可没少见，你叫它来嘛。"

整间屋子里的尴尬凝聚起来，缠绕着我和那条狗。它倒不转了，望着这边的冷场。

我索性甩起小腿，把脚边的一只烂拖鞋踢了过去，我是说，对着那瘦狗踢了过去。它这才闪身脱出我的视线。

"它在你旁边待过吗？"女人已经极度得意，"它叫什么名？"

朝她那边胀了胀眼睛，我硬起嗓门回答："耳——朵——"

可她已经捻起了面前书稿的一页，歪着头，眼风在前两页扫掠，"嗬，你挺机灵，用上了这里的人物名。但又不够聪明，太容易穿帮了。我读东西很厉害的。"

的确，故事一开篇，主人公"我"就几次提及一个叫"耳朵"的人，这算是绰号也好昵称也罢，借给一条狗用用其实没什么不好。我懒得再说什么，一屁股坐在书桌对面的折叠椅上，编叠起两条胳膊，摆出一副看她能待多久的架势。我刚来这房子时，这个折叠椅上面有个沾满狗毛的垫子，大概白老师写书时，那条狗就趴在上面。我来后扔了那垫子，狗的确再没在里间久留过。

"《软骨》，白青。"她读了书稿的封皮，饶有兴味的样子，"果然。你爱人果然写了部长篇，可惜了……"

我知道她要说的话绝不会顺耳，就继续不理她。她在从头阅读，这引起了我一种诡异的感觉，像是熟知她所读内容的优越感，又像是因为什么东西过度暴露给她而产生的不适感。总之我与这部书稿之间的私密关系，第一次遭到了破坏。更过分的是，她咂咂嘴，读出声来。我立即假意用拳头撑着腮帮，同时用拇指按下右耳耳屏，减小入耳的音量。至于左耳，我只能转头让它背离声源。我不可能告饶似的用两只手捂住两只耳朵，这事关一个主人的尊严。这样，开头两段叙写还是断续地钻进了我的耳孔，我听到了一对闺密游历一片山林的情形,听到了一段路上无数旁逸斜出的树枝、那个明晃晃的太阳、山下若隐若现的一泊小湖,还有她们的疲劳干渴。

这时阅读记忆倒反常地灵光,我只需听到个把词,就会有一串意象在脑子里被唤醒。朗读继续,我知道主人公白若和黎青每次绕过碍眼的树木山石,都会望望那个小湖泊。在后面几页读者还会发现,两个人走进山林最初的目的就是上山找到并亲近这湖泊,但找着找着,它居然出现在了低处,而且越来越让她们难以抵及,只能远远地俯视。后来她们只好改换了目标。这程路上,黎青相对来说还是在安心行走,白若则频繁地要求歇脚,而且总是唠叨着一句话:"耳朵一定在沙地等着我。"

很奇怪吧,有人在沙地等着,她们为什么还要在山林里跋涉?耳朵是谁,他等的不是"她们",而只是白若一个?也就是说,白老师这个故事,起初还是设置了些许悬念的,本来应该可以吸引我花些时间卒读,但下面,一旦我想仔细读下去,就会发现大量貌似还在情境中、其实游离于叙事逻辑之外的句段。我疑惑过这许多游离有多少来自白老师的笔法,又有多少来自我自己的睡意,貌似前者居多。总之很多前面读到的东西,会被后面的内容拉扯凌乱或者掩蔽起来。

"这两个女人,也并不像前面说的那样亲密嘛,"女人停下朗读,评论起来,"为了林子里的枯叶,她们也差点吵起来。"

她指的是写受潮枯叶的气味那一段。枯叶厚厚地铺在地上，一层层夹带着之前的雨水，黎青觉得那股潮气特别好闻，而白若厌恶地说那是"一股臊味儿"，为这两个人争辩了几句。

"而且在这里又插了几句关于耳朵和沙地的话，意图何在呢？"她拿起书稿，手指弹击纸张。我自然不会答她，那些疑惑也该是专属于我的，现在倒好，都随我一年来的私人阅读一同被她放肆地夺了去。

"哦对了，我不该问你，你读得也不多。"见我闷声，她揶揄道，"那能不能说说，你干吗还要每天坐在这儿读它？它是不是什么好梦的入口？"

"反正这儿没有你的入口，"我开口语气就不善，"你还是先克服你的好奇心吧，再拖可能就没救了。"

"怎么，现在还有救？"

"你呢，先从不往这边看做起，就当我这儿没窗子。"我嘀咕着补了一句，"好歹你也是个女人……"

她抬起脸也眯起眼。看来她的脸皮也不总是那么厚。

我接着发挥："不过偷窥了就找过来也挺不容易，因为还得数准窗户嘛。我不是夸你聪明哈，你可能属于有志者事竟成！"

"是不是看透你了，是不是吓着你了？"果然，她稳不住阵脚了，"想教训我是吧？告诉你，就算我每天都守在那套房子里做吃的喂狗，连窗口都不靠近，你这种人照样没有好日子过！"

我轻蔑地笑笑,"怎么说我也不会晚上胡乱跑出来,抢别人的日子过。"

她鼻息作响,更冷地笑,"是啊是啊,晚上我这种人怎么能出门,来找我的人扑了空可怎么办?被他发现我在这儿又该怎么办?"

窗口荡来一阵夜风,在窗缝间擦出粗糙的哨音。

说这话就有点耍顽犯浑了,好像她闹得还不够似的。我也眯起眼,没了陪她吵下去的心思。

面对窗子,抬眼就看得见对面楼的明窗和黑窗,其中直对着这边的那户应该就是她的住处,因为我看到了那个黑窗子里有一双亮着的狗眼。迥异于白老师的狗,那边那条只凭隔空的两眼也能显出肥胖和慵懒。我想象了它和女人日夜做伴的样子。现在看来她不只是情妇,还身兼怨妇,所处的情形想必与她的世间同类大同小异,只是她对我过于坦白了一些。

说实话,我也一度疑心白老师租下这里是要偎假情人,但后来更多的,是隐隐地希望如此。如果是那样,问题会因为缘由浅白而显得轻快几分,《软骨》也就会化作一堆矫情的字句,或许我会把它直接烧给白老师。

我吁了口气,指指书稿对她说:"你在动我妻子的遗作。除了你这种不速之客,我没让别人碰过它。我想自己读完它有什么错?"

这像是在陈列丧妻之痛,我有点羞愧。她倒领受了这两句,抬了抬眉毛,不再较劲。

"而且还有人急着要把它抢去，去证明我罪大恶极呢。"我接着说了下去，"今天来的如果不是你，没准儿它就不在这儿了，你说我是不是应该对它下点功夫？"

"你是说，你老婆的家人？"她很聪明，也好像来了点兴趣。

我点点头。

"那你怎么还总是……"她显然又想提我打盹儿的事，但歪头抿回舌头，按下了话头。

我告诉她书桌上的茶杯里有水。我是看她手肘快要碰倒它了，可她哦了一声，端起茶杯喝了一口。那是半杯昨晚剩的茶，估计已经又涩又酸。她却像被敬了热茶的客人一样，咽得顺滑，然后等我继续说下去。

我索性顺应。"也是哈，我应该卷不离手彻夜畅读才对。她弟弟想读得要命，说她写这书稿时哭着给他打过电话，只说了这个书名，其余一个字都没说出来，或者是一个字都没能说清楚。"

小白的确是这么说的，他对自己一个字都没听到或者没听清耿耿于怀，似乎这本身就是我有罪过的证据，为此在电话里冲我吼了好几次。我没给他那条狗也成了他的口实，说我不敢交出它们，就是怕露出罪恶的马脚。最近的一次他没挂断就扔掉电话，他妻子拿起电话替他收了尾。他妻子对我说话当然只能不冷不热，但她低声说了句别介意。"他这人就这样。至于那东西……他其实是冲我来的。"

我没太听懂她的话，却知道小白当年不这样。初做同事时他是个温厚得出了名的小伙子，没人会听到他高声大气，什么事端都找不上他。看看他如今的变化，我甚至怀疑自己在其中真有一份罪责，然而仔细想来，他结婚后就变得对别人阴阳怪气的，像是早有莫名的怨怼。

连这些我也说给女人了，只是说得语句散乱磕绊，好像我并不算个亲历者似的。

"你还没告诉我你会不会跳舞呢。"她盯了我一会儿，说。

我慢慢回过神来，摇摇头，"你到底想干什么？"

她摩挲着《软骨》，认真地说："不会也没关系，反倒更好。我们做个交易——"

她回头看看窗外，又指指我，"等一下对面的窗子里有人时，你过来搂着我，亲热一点；我今晚就帮你读完这部书稿，把情节和你该知道的细节都讲给你。我说过我读东西很厉害的。"

房间里安静得生出嗡鸣。她的话说得越是认真，入耳就越是过分。看来我们终究还是要对峙起来。

"你闯进来就很荒唐，说话更荒唐。"

"你不信我？我不是天生就这副德行的，我早年读书很多。"

"嗯，你过目不忘我都信，可是我干吗要掺和你的事？"

"你放心，对面窗子里的人，还有我，都不会再找你麻烦。我懂得怎么处理，过了今晚我大概就会搬出去。"

她扭头对着窗外。我这窗子连窗帘都没有，估计窗内几米的身形器物都形同对外裸露。对面那窗子还黑着，那双反光的狗眼眯得小了些。我替她设想着照常理她本该进入的场景，我想她可以因循那种角色关系的旧俗，跟今晚会出现的那个人要死要活地闹一场，扯掉他的衣扣再抓破他的脸，而他可以赏她一耳光，踢开他送她的狗，让她跌坐在地彻底崩溃⋯⋯这串镜头是可以反复回环上演的，每次都会质感十足，而眼下，她的事却要以荒谬的方式牵扯到我和我的窗口，甚至要牵扯到《软骨》。

"要不然，你找隔壁试试？"我指了东西两边的墙。这只是拒绝的另一种方式。我知道西边那套房没有人住，东边的属于另一个单元，不住人，是一家只有三四个雇员的小公司，做着些替人张罗仪式的活计。唯一一次我带狗上楼顶天台，就撞见他们正在晾晒一堆潮湿的条幅，还骂骂咧咧地说上面鸟粪太多，而我本来是想让狗在上面拉屎的。

夜里两边素来没有人声人迹。再算上窗子对位的因素，我应该是她唯一的选择。

她笑了笑："可能我没说清楚——我说的是今晚照我说的，我们做得越好，我就会消失得越痛快越利索，这对你有好处。"稍加停顿，她接着说："而且，你不想知道书稿里的耳朵是什么人吗，他和女人们见着之后会怎么样？你老婆这故事，高潮在哪里、隐喻是什么，名字又为什么叫'软骨'？"

这让我小小地诧异，自己居然受到了如此别致的威逼利诱。不过听上去，事情也有意思起来。书桌边的女人显然并没有多好的说服技巧，可以说腔调幼稚可笑，可我仍然觉得她颇具煽动性。除了明码交易，她似乎也在鼓推着一种她和我都想要的东西。只是我们还是没法成交，我不会去跟她搂抱亲热，这又不是在什么滥俗的故事里，而她也不可能今晚就读完那部书稿。

我便作出比她高明的笑态，朝她摊开手："那你先读读看。"

她让我打开顶灯，却也没有关上台灯，继续读了下去。明亮里，我看出几分她做学生时读书的姿态，也恍惚见了脂肪堆积之前直挺的脖颈。

闷坐了一会儿，我想过去倒掉她胳膊边那杯隔夜茶，再泡一杯新的，但由于对家里今晚没有热水的判断有十足的信心，就没有起身，只是换了坐姿，监考老师似的拉起一条小腿搭在另一条腿的膝头。

"嗯，她们累了，坐在地上。"她边读边说，显然是要给我一点甜头，投食诱捕似的，全不在乎这些我都读过。紧接着还会有白若和黎青吃野果的情节。

"黎青采了几个野果子，她们基本上和好了，一起啃了起来。都觉得很难吃。"

就这样，我们貌似在和气地共处，实则各怀鬼胎，对坐了十几分钟。就在我快要失去耐心的时候，一个画面在我面前的窗口闪过，让我欠起了上身。

　　这房子在次顶层，楼上也是没人住的空宅，所以住在这里便对本单元通往天台的门有某种无甚道理但约定俗成的统辖权。这也是我那天带着狗走上去的一个前提。但那天我并没有想到这种便捷与那小公司的人所抱怨的屎多的鸟儿们两相叠加会带来哪种可能，所以当事情发生时我吃惊不小，而且并没能即刻理解那画面的意义。

　　我应该是先听到了某种鸽子大小的鸟儿仓皇扑打翅膀的声音，但并没有定睛留意，那毕竟是窗外的响动。随即，一个瘦长的四足动物倏地跌下，肚皮对着窗内划过我的视线。那浅色的肚皮和胯裆我并不熟悉，稍后才明白过来——一条扑鸟的狗从这座楼的天台边沿摔落了下去。在女人翻捻书稿的噪声里，我没听见狗的身体钝击地面的声响。

　　我站起来，打扰了面前的阅读者。显然这时已经没法看清窗外地面上的东西了，我就去了门厅，果然，门开着，狗不见了。

　　出门前我回去穿了件衬衫，对看过来的女人说："没你的事。"

　　她不明所以时倒相当乖顺，像受了老师的督促似的，低头继续读下去。大概她意识到这房间暂时接纳了她，而属于今晚的阅读时间却在损耗。她背对窗子，不会看到坠狗事故，也就不会理解我说没她的事，意思是事情都是拜她所赐——她闯进来后我忘了关好门，也是因为她，我第一次凶了白老师的狗，毁了和它好端端的互不理睬的关系。

在楼下我来回走了几趟，居然没有找到狗。窗子正下方没有狗的尸体，也没有它呼呼气喘的活体。用手机照明，在地上我看到了一道形似软笔书法的血迹，大概狗顿笔似的顿了顿身子，然后拼力移开了。血迹那一头没有明确的收端，是朝远处延伸的。我吸气醒了醒神，觉得夜风的浑厚凉爽超出意料。察看了血迹伸展出的笔直线条，我知道这条久没出楼、一飞出来就摔得伤残的狗，忍痛急着去做的，就是远走他方。而方向又如此明确，有一次小白咬牙切齿地离开时它跟了出去，他就是往那个方向勾引它的。

无论如何这是伤人不浅的。我呼吸粗重了，不确定是在生谁的气或是为了什么而激亢，上楼的时候越发如此。在这所谓隐居的一年里，我时常经历一些情绪上的乱流，身上不止腰椎不好了，还虚汗连连，连肺功能恐怕也折损了大半。好在还有一条同样病病歪歪的瘦狗不远不迟地陪着我，也见证了我面对小白未落下风，可刚才这点慰藉一下子被打翻了。

"看看你干的好事——耳朵没了！"等进了屋，也许我会这样对那女人发泄。在这磅礴气势之下，她应该不会再质疑那条狗究竟姓甚名谁，而我在吼叫之余，会为事发前给过它一个名字而暗觉欣慰。

上到次顶层，体虚所致的气短和情绪性的喘息绞缠到了极限，我像是具备了摔破所有罐子的决绝。只是冲进自己的住处又回到里间书桌旁,我发现自己是无处呼号的——女人还在,可她在书稿上睡了过去。伏案侧睡让她嘴唇噘翘,眼缝挤得皱缩而滑稽。

在她胳膊下面,书稿摊开着第十六页和第十七页,下面大概五百页的厚度是我熟悉之至的。

我边喘气边对着她失望地摇头。这时身心的激亢只能转化成别的什么举动,况且无论是我这些日子的浑噩昏沉还是今晚屋子里的荒唐景状,都该有个罪魁祸首。冲什么发作一气是在所难免的,我两眼朝着书桌,从空洞渐变为凶狠,死盯着她身下那摞书稿。

我看得见书稿里所有的褶皱和汗湿,它们映印着我长久以来的可怜和女人今晚的可恼可笑。我不会让她睡个舒服,醒过来再继续品鉴篇章。那摞纸和那堆字我再也不想消受,还没读到的情节,包括白若、黎青和耳朵之间所有将要发生的事,山林和沙地之间的暧昧关联,仿佛悉数袒露了出来,直接让我腻烦透顶。眼下一个想法涌动,我极想知道它们会让小白变成什么样子,同时恍若明白了他妻子的话——他要读它,其实是冲她去的……心血来潮,戾气升腾,我要把书稿寄给小白,以此跟它一刀两断。他嚷着要它那么久,它会轰然降落到他和他妻子之间,算是成全也好惩治也罢,我懒得理。

这部《软骨》归小白了,希望那条得名耳朵的狗也能血淋淋地找到他。在他那里两物叠加到底会映现我的罪恶,还是会淹溺他自己,是时候见个分晓了。

我找出出版社退稿时用的大信封，急不可耐地勾划掉上面的几个字，重写开来。原来小白的地址和全名我都还想得起来，就是落笔的手有点哆嗦。妈的，寄出去！这念头犹如被我怀带已久，此时在胸膛间颠扑得火烫。

写好信封，只差把书稿塞进去了。我推了女人几把，她睡得很沉，只马马虎虎地动了动脑袋就又回到深眠，就像向水面浮升时懒得伸出头喘口气，嚽嚽嘴做做样子就直接勾头沉降下去。我便一手搬她的手肘，一手试图抽出书稿，拉动了一两寸，才发现她那张圆脸与纸张之间的摩擦力甚大。我不得不换个方位，把左手插进她左臂、左脸和书稿之间，屏气发力托抬，另一只手从她右侧抽拉书稿。

终于解救出《软骨》，我重又气喘吁吁，没心思把前十几页纸压平就囫囵塞进了信封。它即将去到它的下一站，相信也终将归落白老师那里。然而这时我却觉得了结的味道还欠缺一些。犹如受了指示，我看了一眼窗外，正对面的窗子里竟真亮着灯，果然有人站在窗口，直直地望过来。那条胖狗在灯光里现了身，堆坐在窗台上自证其胖，眼睛重新睁大了。

无论那边有几双眼睛，我无意表演亲热给任何人看，但这个睡在书桌上的女人却让我觉着有一丝亏欠，就好像我们已经谈妥了什么，她却突然失去了督促我践行契约的能力，我也正在脱逃。这感觉难免荒唐。我想让我不安的可能还有我刚才俯身抽书稿的姿态动作，那已然形成了一种疑似的搂抱，但又模棱两可，也可以诡辩为师长对学生的拍抚慰勉，只是略显亲昵。我不喜欢自己如此滑头。

况且，对面那人贴近了那边的窗玻璃，我们对视了。那是个冷色调的长脸男人，该是进屋不久，还没有脱去外衣，目光朝向这边，越来越粗鲁强横。

无礼得很，我这儿只不过睡着他的女人。

瞬息间我决定把事情做到底，给他点颜色，也给自己住在这儿的光景收个尾。我又俯在女人颈背上方，摆出亲吻的架势。

她没有醒来的迹象，而且睡姿极其别扭。已经闻不到酒气了，可我亲不到她的嘴，连亲她的额头也会显得很蹩脚。我知道要表演就该流畅而到位，于是我用嘴捕捉到了她朝上的右耳，并且衔了起来。她的耳廓软嫩饱满，耳垂更是腆起的那种。以新手式的夸张，我叼着女人的耳朵扭脸去瞪视对面的男人。他的额头大概顶到了玻璃上。怕他看不清细节，我把这右耳斜着叼起老高扯得老长，已经有了十足的挑衅味道。相信等完成表演我一松口，这片弹性软骨和包覆其上的粉白皮肉就会迸弹开去，快活地扑颤一番。

盛大

凌晨，罗安走进这座城市中此时少有而微弱的光亮中。他很少光顾酒吧这类场所，像这样临时起意尝试新去处更属稀罕。但该留意的并非他在一天初始对个人习惯的背叛，而是他的身体正濒临死亡。

他推开门之前没看这家酒吧的名字，进来只是因为觉得不太舒服。他认为自己的些许昏沉和恶心完全缘于昨夜饮酒后发生的不快，甚至以为自己需要坐下来喝点东西，来平复情绪上的低落。假如他知道自己胃和肠道里已经灌注了那么多动脉血液，至少他会买了喝的外带到附近医院的急诊室门口，然后再坐下来开始抚慰伤感。

前两天罗安感冒了，喉咙有点疼而且浑身乏力，这本来是帮他避免今天的危机的绝佳因素,怎奈他没有请假躺在家里。办公室的小琴此前弄错了一批数据,所以大量文稿需要重写,如果大家不及时帮这个忙,小琴的麻烦就大了。这女孩平时卖弄风情不乏观众,可关键时却见得她朋友不多。这关头一向少言的罗安是替小琴说了话的,小琴也很感激他,他自然不好意思为小病请假独自脱身了。这样,前天晚上他在办公室加班,就接到了同学徐放的那个电话。

听着电话罗安一惊:尤思珍真的回来了。二十多年前毕业后尤思珍就去了南方,前几天罗安在街上看见了一个很像她的人,没想到成了这消息的先兆。实际上这些年来他时而会瞥见近似尤思珍的影像,包括来自小琴的一些,与预感和先兆无关。倒是罗安听到消息时瞳孔的两次散大带着某种征兆的意味。

徐放说自己在帮忙召集聚会,要了罗安的手机号码。此前他只记过罗安的办公室电话号码,是因为一年前的业务往来需要。徐放是与罗安联系最多的中学同学。

前天夜里回家后,罗安在电视机前潦草地坐了一会儿,想对自己表示生活并无改变,然后就上床躺下了。静下来,脑内运作长久记忆的海马区反而催生出更多的兴奋因子,掩蔽了罗安上呼吸道的不适感。罗安觉得自己的病快好了。他想尽快入睡,休息好,次日尽早把工作完成,下班后好去参加有尤思珍的聚会。可是想到了工作和小琴,海马区出现了更积极的反应。罗安难免想到自己对有点风骚的小琴一直以来心存温善，正是由于她与尤思珍的相像，此时两人牙齿、眼角和腰腹曲线的意象使生物电反复刷过罗安近乎相同的认知神经连结。这多余的确证让罗安沮丧。他睁开两眼，又闭紧，用被子蒙上了大半张脸。

还好，并没有鲜明的幻听干扰入睡，在罗安记忆里尤思珍的声音并不很真切，当年她很少面对着他开口说话或者笑。桌面上一本书里夹着的毕业照上，尤思珍也正巧闭着嘴。

夜已经深沉得压抑，罗安的胸膛终于在被子下面深度地起起伏伏。可突然，罗安甩开被子，下床大步走出卧室，去到卫生间拉下内裤，手臂振动了一阵子。他像鲜嫩少年一样过快地迎来了一阵痉挛。回卧室前他靠在墙上歇了一会儿，仿佛在庆祝看到了睡个好觉的希望。这期间，刚刚急剧收紧的动脉开始舒张，心跳慢慢平复，呼吸得以回归深长，各腺体释放的分泌物还在体内等待消释。

回到床上，罗安开始热衷于调整被子，裹严自己。片刻后，他逐渐承认，自己发烧了。

这次感染罗安的病毒的致病能力本属平庸，他免疫系统的自然杀伤细胞已经在喉部巡游过，所释放的毒素杀死了大部分被感染的细胞。如果得到适当的休息，喉咙难受将是这次罗安遭到的最大戏弄了。只是事实上罗安几个小时之内的紧张和亢奋使免疫系统功亏一篑，没能在最初阶段熄灭病情。接下来的一天，杀除病毒的任务将在罗安体内兴师动众。

  作为一个四十几岁的中年人，罗安还是可以预感到他即将陷入低迷状态的。预见和主动采取行动是人类的优长。罗安又下了床，这次动作驯服得多。他走到一个抽屉前，找出一瓶扑热息痛，只靠口水吞下两片，又很快回床休息。很明显，降下体温睡得舒服，明天才能提前写完文稿，按时去徐放所说的聚会地点，并在路上敲定与同学尤思珍聊些什么。

  过了大约四十分钟，罗安猛吸了一口凉气，找出体温计夹在腋下。尽管等待不甚耐心，体温计上银亮的汞柱还是骄傲地冲过了三十八度。罗安恼火地又去抽屉里翻找，这次他无情地把扑热息痛甩到一边，好不容易发现了另一种有退热功能的药，按最高剂量吃下几片才罢休。

  此前，罗安的下丘脑努力将他的体温把持在高位，令他浑身虚软隐痛，次日也难以拿出最佳状态去见尤思珍，但同时也让病毒失去了三十七度的极佳增殖环境。免疫细胞却在高温下加速增长蜂拥而至，更高效地扼杀病毒。不过罗安第二次吃下的药融入血液后，迫使下丘脑逆转其产热作用，罗安身体的毛孔也张大了，水分逐渐外渗挥散体温。

  天亮时，罗安醒过来，身上已经出了大量汗水，药物作用下，烧完全退了。再想象尤思珍在身边时，他在假想交流中也可以神采奕奕了。几个小时的舒适中，罗安任病毒在数量、增长速度和活性上全面压倒了免疫细胞,在他体内粉红色的温湿环境里肆意分裂,残害了太多普通细胞。同时那种含有氨基比林与亚硫酸钠的药正在损害罗安的胃肠内壁,对肝肾的潜在伤害是不言而喻的,好的方面只是看事情后来的发展,肝肾所受的慢性损伤在罗安身上可能没机会明朗化了。

来到办公室,罗安坐下深吁出一口气,准备以最高效率工作。对小琴失误的弥补还有待几个人坚持做完。不到一个钟头后,他慢下来,甚至缺乏体力坐直身体。随着药效衰竭,免疫细胞报复性回勇,与致病病毒在罗安体内广泛纠缠。血管里的非常规微生物犹如烟囱里的飞灰,无数次撞击血管壁,白细胞激素上溯至中枢神经,促使下丘脑再次提高体温。罗安上班前只是随意吃了一口凉面包,这时觉得干渴,咽了口唾沫,布满细胞损伤的喉咙当即给了他一阵锐痛。

小琴要出去办事,临走前跟受她连累的同事们表示了谢意和歉意,对几个小伙子自然使用了灵活饱满的眼风。她到罗安跟前时罗安坐姿挺拔起来,只是忘了舔湿略显灰白的嘴唇。小琴把自己正喝的一瓶果汁留给了罗安,瓶口格外湿润。罗安午休时喝了一口,嗓子还是很疼,但他仍然想到了尤思珍。中学时的一个课间,尤思珍咬了几口桃子就咧着嘴说太酸,把它放在桌角离开了,罗安鼓起勇气悄声将那个桃子吃了。

罗安中午沉沉地伏在桌上,半睡半醒之间尤思珍的容貌姿态凌乱闪现。下午开始工作时，他把自己从桌面上猛力拔了起来，引来一阵眩晕。与高体温相伴的是浑身酸软和怕冷，这给了罗安足够的提示去蜷起身体休息，但是他拿起笔并瞪起了眼睛。也许这就是他在高温中血管肿胀的脑所做出的决断。

决定请假早退是在下午四点前后。罗安熬不住，认输了，晚上的聚会是无论如何不能毁掉的。还没想好怎么开口请假他便已走到老板办公室门口，正赶上老板推门出来。

"你怎么了？"老板盯着他问，"病成这样，赶快回家吧。"

罗安发现自己身体颤抖汗流满面。这样，罗安一个字也没说就获准离开单位了。

时间很早，罗安便要先回一趟家。他记不住那种让他很快退烧的药的名字了，否则就可以在街上的药店买到。实际上跑上楼时，他已经感觉不到捉摸不定的病痛了，但他不想在稍后给它机会，于是找出那药，又吞下几片。最后一片还在食道里慢慢下移，罗安已经脱下了身上可能有汗味的衬衫，换上了另一件款式一模一样的。他甚至又刷了牙，边看表边梳理头发。这一系列动作暗示自身将有紧要目标要去完成，负责应急任务的交感神经系统很快兴奋起来。

走在通往聚会地点的路上，罗安只以两次险些被车撞到的代价，便幸运地选出了几句可以对尤思珍说的风趣而得体的话。罗安边带着表情嘀咕着什么，边向公交车站加快了脚步。暗下来的天色总让他觉得快要迟到了，罗安最终上了一辆出租车，走出一个街区之后，路上车辆拥堵起来，罗安无计可施。权衡了几分钟后，罗安下车开始跑步。其间，交感神经彻底压倒了老对手副交感神经，罗安显得精力充沛，状态近似于动物将要攻击或逃走时的预备阶段。自然，随着副交感神经的衰弱，罗安的消化系统和与应激无关的腺体几乎停止了工作，原本他这晚该有的肠动和排便已经势必不会照常发生，只有刚刚吞服的外源性氨基比林与亚硫酸钠还在依其属性削弱着他的胃肠黏膜和血管壁。

走进那家有名的饭馆，前台的服务员查不到叫尤思珍的订餐者，罗安想了好久才想起徐放的名字。这时已经迟了二十分钟，一个钟头前还认为这种事不可容忍呢。罗安还是到洗手间里待了一会儿，擦干新鲜的汗水，才走向包房。

进包房前，罗安遇到了刚到的同学栾启辰。栾启辰一副雍容样貌，看包房里同学们坐得密集，便叫随行的秘书或者司机出去了。

尤思珍就在对面，被几个已经让罗安眼生的同学围着问这问那。时隔二十几年，见面显得如此唐突。尤思珍胖了些，但容貌在罗安眼里仍然能切中要害，与小琴相比，就像画作得到了最精细的一次勾点。这么久以来第一次无需费力幻想，罗安认知神经的兴奋灶如同被彻头彻尾地照亮。脑边缘系统当即释放足量的成瘾物质多巴胺，而帮助保持健康变通情绪的血清素却进一步被抑制。

罗安含糊地与近处的几个同学打过招呼后，在靠近门口的位子坐下来。其实尤思珍身边有个很好的空位，但罗安有意进取时徐放隔在中间巧妙地挡住了他，而让过了栾启辰。

  问过了栾启辰的意思，几道主菜开始上桌。尤思珍半真半假地称他栾总。罗安更加懊丧没有早到与尤思珍单独交谈，他事先预备的对话都过于含蓄迂回，不适合在欠缺关注时说出。但只是暴露在尤思珍面前，罗安还是在小幅度而均匀地颤抖着，头颅的腔道和骨骼把自己的呼吸声一次次从内部传至耳鼓。

  后来他只记得自己酒喝得太多，而话大多是别人说的。这些年来他只喝过两杯小琴敬的酒，是在同事们的一次聚会上，旁人看他喝过酒的脸色，便再也不敢给他斟满了。可是这次尤思珍频频向大家举杯，他竟然真的喝下了那么多。他有机会详听尤思珍的声音了，无奈怎么侧耳用力都听不真切，就像摸不到虚幻布面的质地。酒水灌满了肠胃，酒精的影响已经达至脑神经，在那些繁枝相架的荧光密林中，部分神经突触传导着过量的信号，而另一些则被阻断。与常态相比，罗安的判断和动作都出现了或大或小的偏差，因而他开始大胆地盯着尤思珍……终于在传递一瓶栾启辰单点的红酒时，罗安捕捉到了尤思珍的目光。罗安固执地把持着那瓶酒，对看过来的尤思珍说："我上周在街上好像看见你了。"他言谈素来被动迟缓，可这会儿声音响亮吐字莽撞。罗安当众说话时常出现的脸色羞红在酒气中也未显迹象，表情不容置疑。

  这才会令尤思珍无法忽略，接着罗安便可以和她谈几句容貌和光阴，甚至自己的记忆。而尤思珍听了却诡异地慌张起来，生硬地连说不可能，然后扭头对栾总解释说："我是昨天才下的飞机。昨天中午。"

后来去洗手间时徐放告诉罗安，尤思珍确实上周就来了，不过是与栾启辰商场上的对手谈一笔买卖，不料没成，尤思珍骑虎难下，才想到借聚会之名联络栾启辰，以便尽快拉他合作。"要是上周你真看见她了，也千万别再提了。"

听懂后，罗安点点头，自己带着酒气到饭馆门口吹夜风。静默片刻，回到洗手间折腰呕吐，每次张口都竭尽全力，虽然这让体内酒精量略有减少，但胃绒毛悉数逆转方向，仿佛将被倒拔，幽门反复受到剧烈压迫。最后几次干呕时甚至有碧绿的胆汁流经胃和食管被吐了出去。承受了药物、酒精的化学作用和呕吐的物理冲撞，罗安幽门处的动脉血管第一次渗出了少量血液。

吐过后，罗安清醒了不少，回顾了桌席上的场面，他及时地采取了对策，把自己对这次聚会的指望降低为结束时与尤思珍体面地告别。

后来他看出尤思珍也似乎吐过了，但在栾启辰身边她仿佛酒兴不减。聚会真正结束大家分手时，尤思珍是被两个男生搀扶着等出租车的，看来也不需要罗安上前握手了。罗安家与尤思珍所住旅店方向相背，就此悄悄回家休息也是个可以容忍的结局，但他觉得目送尤思珍上车也不会耽误什么，尽管一个满嘴荤笑话的男同学把她搀扶得很紧，她重心不稳时还有一只手久久推着她的臀部。

在意识到自己的想法之前，罗安突然涌出一股力量，拔腿朝尤思珍走了过去。睾丸素毫不迟滞，替他做了重要的决定，该激素激增后以围困之势争相与受体结合，瞬间为一个习惯迟缓的机体造足驱动力。罗安坚持从那男生手里接过尤思珍，说自己要去另一个住处，与尤思珍同路。他甚至半真半假地推搡了那个没有及时退后的男同学一把，而后揽着尤思珍坐进出租车，实际上带着几分嚣张扬长而去，没有引起惊异只是因为多数观众欠缺细致的观察力而已。

在车里罗安似乎可以稍事平静，可尤思珍的确醉得不浅。自从尤思珍在恍惚中把上身倚在罗安肩臂上、歪过来的脸也送出喘息的热气时开始，罗安的脊髓胸腰段勃起中枢便忙碌地传递着大脑皮质发出的兴奋信号，使动脉血流加速涌入海绵体平滑肌，同时筋膜蛮横地压制静脉丛，封阻血液回流。罗安下体膨胀擎立，受到衣物阻碍，反而形成对局部神经的刺激，激活了另一勃起中枢脊髓骶段。快如火苗壮大，罗安的身体达到了顶级充血状态，足以使蒙昧者相信男人有另一块坚骨，而他自身的某种力道却仍在强求更多表现，几乎整个盆腔都开始充入热血，前列腺也慢慢鼓胀起来，内里的前列腺液越积越多。

这时感觉上不可逆转的内部局面让罗安印象深刻，在这夜的晚些时候他更是频频回味。有些夜晚罗安想象过尤思珍，但只有眼下如此鲜活真切的素材才能把他抬升到临近爆裂的状态。

出租车司机从斜上方的镜子里看了一眼罗安，他说过目的地后便显得格外沉默，好像只醉心于自己的呼吸。大量雄酮通过数万个汗腺散发到罗安体表，带来的气味接近动物求偶时的信息素，如果尤思珍不是醉得麻痹，她的鼻腔本该捕捉到这种讯号。

到了尤思珍住的旅馆，罗安不得不拼命地调试身姿才下了车。他把尤思珍送进了楼上的房间。一路上他一直在用仅有的一点留给头脑的能量预测他会及时脱身还是会发生些什么，这个看似浓重的悬念在旅馆房间里尤思珍脱去第一件外衣时就灰飞烟灭了。尤思珍含混地嘟囔了几句什么，大半神智像是在梦里。从她脱衣服的动作看她真的热了。罗安知道这晚注定非比寻常了。他走过去，但亲不到乱动的尤思珍的嘴，满头汗水时却被尤思珍抓住了裤腰。他以为接下来尤思珍会感觉到他在车里时的那种强硬。

短短几分钟时间里，罗安不知道他的身体已经从脑开始发生了微妙而又深刻的变化。越是不可自制地认识到露出肉体的尤思珍在自己人生中的意义，以及这晚可能给自己未来留下的精彩回忆，实质上接触到她就越像摆在罗安面前的一项巨大任务。无论是道学家还是享乐主义者都难免像罗安这样自动进入对眼前际遇的多余的评判，但罗安把这个惊喜看得太大了。他的下丘脑出现了应对压力的反应，开始与垂体交换信息。脑皮质转而对性兴奋产生了抑制作用，脊髓勃起中枢兴奋性随之迅速减退，静脉丛舒张开来，不再把血液阻拦在海绵体内。作为对压力的应答，垂体分泌促肾上腺皮质激素，以此通过血流诱导出著名的压力激素皮质醇，随即过量的糖类、脂肪和蛋白质进入血液，明显地提高了新陈代谢和能量使用水平。罗安觉得将要迎接挑战甚或面对某种威胁，心跳异常活跃，皮肤导电性增强，在热感应成像的世界里罗安大体上像在燃烧。只是他的下体作为通常应对威胁时的闲置器官不再昂扬，而是试图皱缩藏匿，色调渐冷。

本来已经裸露的罗安在尤思珍面前显得缓顿而畏缩，唯一的安慰是她还不能清醒地解读局面，而只是撒娇似的时而猛地拉扯他。

罗安试图用抚摸尤思珍和触碰自己改变势头，但在此过程中焦虑更是不断累加，似乎身体所有其他部分都在与下体争夺血液，局部的动脉流入量已经降低到前所未有的程度。这是他一生中第一次见识身体的不合作，从后来的情形来看，也很可能是最后一次。

利用尤思珍的醉态，罗安努力了将近两个钟头，情况毫无改观。恶性循环早已开始。看着尤思珍散发着汗味儿的皮肉，他绝望了，动作停滞下来，只有大量皮质醇还在活跃地分解肌肉中的蛋白质，将其转化为可供随时消耗却已然百无一用的能量。与罗安持久不衰的懊丧感相比，他的生理实体在压力反应之下仿佛进入了一个必有终结的融化过程。

尤思珍终于在床上睡着了。上天对罗安还不算太坏，让他得以独自逐渐平静。静默许久，罗安也躺在了床上。恍惚之中夜已经深不见底了，罗安近两日的疲劳和紧张让他垂下眼皮但并没睡实，实际上他醒了几次，觉得自己在昏沉中恢复了几分硬度，便不顾风度地拧身贴到正在打鼾的尤思珍身上，但硬度就在这一拧身间消失无踪了。怎么会这么快，比鸟儿飞走还利落。罗安甚至有点祈求彻底绝望了。他不再能进入半睡状态，瞥一眼尤思珍，就心如火燎。思想上自己倒是从不疲软。罗安苦笑了一下。他决定去泡个冷水澡，让那念想彻底熄灭。

将浴缸灌满凉水，罗安恶狠狠地把自己按了进去。躺在里面他感到超乎想象的冰冷，实际上刚才在床上，他的体温已经在不知不觉中升高到前夜的水平，可即使他当时留意到了自己身体滚烫，也会将原因归为躁动。现在凉水和更显冰冷的浴缸壁令罗安的神经系统为之震颤，体表的血管率先急剧收缩，随后，身体深处的血液流动也出现了异态。在罗安头颅内，与性活动对应的区域放电减弱直至终于平息，让他这晚总算做到了点什么。

他脑部和心脏附近的重要血管承受住了突发的压力。但酒后破损的幽门处动脉血管还没有自我修复完好，这时那个小小的穿孔重新弹开，开始喷射出细而有力的血流。穿孔边缘的血管壁经受着奔突血流的磨砺，坚韧地守了几秒钟，之后便被撕离。罗安冷得发抖，血液却找到了出口，全速流进胃和十二指肠，在新天地里汩汩腾跃。他感觉到一种隐约的释放感，不知道这感觉与什么有关，但管它呢，毕竟算是一种释放。

　　罗安惩罚够了自己，从浴室出来，穿上衣服，悲凄地看了一眼一直衣不蔽体酣睡在床的尤思珍，离开了旅馆。他希望她只保存着两人衣冠严整时的记忆。

　　直到他坐在酒吧角落的座位上，那种不舒服的感觉还不甚明确。有点恶心，有点心慌，还难免有一些恼怒和厌世。像绝大多数人一样，罗安不善于体察内脏的感觉，而惯于将一切带有情绪色彩的感受归因于心理与外界相互作用的效果。所以他要了一杯酒，来帮助回味或者淡忘与尤思珍的这次重逢。这时，他腹腔和胃内积累的血液已经逼近灾难级别，心跳的紊乱就是回血不足造成的。

　　事到如今，罗安的身体还是在尽力弥补重逢带来的巨大伤害，毕竟罗安只能被放弃一次。受创伤的动脉血管一直尝试收缩，但新喝下的烈酒时时烧灼穿孔。罗安的血压在起伏中下降，心脏搏动越来越快，几近挣扎。他闭上眼睛，去隔断酒吧里不均匀的灯光，反而引起了更强的眩晕感。被鲜血充斥的消化道释放着钾，让这种元素帮助心脏恢复有序跳动。但如果罗安的身体不能很有效地过滤钾，最终他将彻底失去血液和氧分的供应。罗安已经四十几岁了，他刚刚白白地离开了一个酒醉的女人。但无论如何，这几十个小时里罗安体内现象的盛大恢宏开创了一个新的境界，像浓艳烟花层出不休，论强劲、持久和庞杂，都足以使那些少年的青春飞扬相形失色。

几个小时后，天边的光亮伸展开来，清晨现身渐成定局。酒吧里一时察觉不到这些，这里的光明面是还没有人发现什么异常——罗安还坐在那里，他靠在椅背上露着疲态，可他腹腔的血液已经被吸收和排解了大半，心跳也稳定起来，显然，出血停止了，身体在万幸中守住了阵地。阴云在慢慢散去。尽管血压仍然很低，罗安也感觉好了些，认为自己终于接受了事实，并且平和下来。体内经历了伟大的对抗后，纯粹的疲劳和虚弱对他来说也成了享受。

看酒吧里电子时钟上的日期，这天到了周末。罗安想回家睡上一天，醒来时他应该会重新拾起循规蹈矩缓和度日的兴趣。也许尤思珍永远不会再出现，这辈子她带给罗安的影响正在收尾。

"喂？"罗安无力地接起一个电话，对方是徐放，直截了当地问罗安昨晚有没有和尤思珍在一起。罗安支吾了两句，不作回答，"怎么了，有什么事吗？"

"也没什么。是尤思珍问我的，她记得有人送她回旅馆——"徐放含带着嬉笑说，"她记不清了，想知道是不是栾启辰，哈哈，这个女人……"

"怎么会想到栾启辰呢？"罗安问。

"这你都不懂？她希望是人家栾总啊，这跟他们接下来怎么谈生意有关。"徐放说，"哎，别打岔，我记得送尤思珍回旅馆的人好像是你啊。但我怎么说她都不信，她还把昨天聚会到场的人认真回想了一遍，说里面根本就没有你。你办事很高明嘛……"

罗安垂下电话，看面前的酒杯里还有一口酒，就喝了下去。然后他怪怪地笑了一声。看来一切属实存在过，除了自己。与此同时，附着在罗安下丘脑底端的杏仁状组织兴奋起来，很快搅动起他的情绪，而且反复制造着波峰，其神经密林间再次电光交错。罗安觉得差点被自己骗了，事情如果就这样结束岂不太可笑？他不需要继续练习悄无声息了。

只有这时罗安才能作出这种决定。他给小琴打了电话，说自己喝多了，要她到附近一家旅馆找他。他要她快点，还说了几句别的话，像是出自别人之口。

小琴开始没说话，毕竟罗安的邀请如此突兀，稍后，她问了他那个旅馆的位置。

罗安走出酒吧，在晨风里大步朝约定的旅馆走去。他希望那里的房间与昨晚的相像，希望小琴化一点妆。在旅馆近前路过一个药店时，罗安看了看窗上几个言辞露骨色彩鲜艳的成人助兴药品广告，随即推门踏了进去。他从未如此果决，而其动作和姿态又无不暗示着他身体里还徘徊着脆弱和易碎。罗安要了最强力的药，边走边把那些片剂捂进喉咙，封入体内。会有另一番情形吧，反正相比在角落里独自僵冷泯灭，有见证甚至能引起尖叫的心源性猝死总会更为壮观。

这个夜晚可以

　　这个夜晚彭姐在北运河边遇到了李丁。这是一处沿河园林的外围，环境不错，河道也相对干净，比其他河段好得多。这座城里的街区楼所处处样子都差不多，只是每段河不一样，有的地方苟且枯浅，有的瘀滞多泥，也有的长着水流梳理不尽的阴鸷水草，扭摆起来群蛇流窜一般。相较之下这段河真的很好，没有那些疾症，开阔宽展气味清爽，还有一个疏朗的弧弯。

　　这里是彭姐上下班的近路，只是这晚她的部门加班，她走时天就是黑的，现在对岸的路灯照不亮河景，倒衬得沿途更显幽暗。她有点后悔没有绕行大路。李丁是彭姐同一个办公楼里的同事，已经有挺长一段时间没去上班了，刚才他去两家药房买了药。前天和昨天都下过通透的雨，河流有了更丰沛的样貌，这个晚上他觉得还可以，就来到这条路上边走边望水流。

长空深幽暗云错落，涨水的河顾自征行，一切都只显露出令人安适的冷淡疏离，没有蛊惑也没有干碍。当然在彭姐眼里这里的感觉不尽如此，四围的魆黑沾染上身，斜出的植物枝杈来路不明。刚才有人从她身后缓慢地超过她，是个高个子男的，勾着脖子瞥了她好一会儿，眼风扫带了她全身上下，让她本能地含了胸，收缓了步子。那家伙携着浓重的烟味隐遁于前方的黑暗。彭姐就敏感起来，走得时快时慢，接近草木聚拢、看上去簇黑的地方，会不禁屏住气息，握紧女包的肩带。

和李丁相遇时她也正想快步出离一处暗影，而李丁正在相同方向上，也就是逆着河流，走得松弛缓慢。看到李丁并认出他时彭姐有小小的惊愕，回过神来，情境让她温软了几分，平常以两个人的关系，打照面时她是不会停顿这么久的。他们工作的机构不小，同事间的交往并不均匀。

这次彭姐在寒暄中问候了李丁的身体，因为早听说他请的是病假，李丁则轻轻笑了一下，说就快好了。他看看彭姐又看看前面，与她一起放开脚步。

"我陪你一起走。"像原本打算如此似的，李丁已经走在彭姐近旁。

说起来两人也并非毫无干连，前几年，李丁和彭姐曾有一次交往的机会。当时李丁刚从上面某单位调转过来工作，看上去是个寻常且还不赖的中年男人,而彭姐其实年龄并不大,跟李丁差不多,被同龄人称"姐"多半是因为她身材高大、做事爽快。李丁离过婚,彭姐搞吹过几次约会,他学历高些,她职级高一点点,两个人可堪撮合。于是旁人牵了线,并督促李丁去约彭姐。他照做了几回,却没有成事。那段时间彭姐的确忙,拒绝了李丁第一次略显生硬的约会提议。第二次开口李丁便脸红面窘手足无措,似乎注定无果,彭姐是不会赴这样的约的。结果第三次,李丁又挽起衬衫的袖管,努力装作洒脱自如,而实际上仍是手足无措,让彭姐只感到了可笑。他并不那么像样子,也可以说在他面前,彭姐收回了她平常的宽厚和爽朗,事情也就不了了之。

一晃几年过去,两人见面不再尴尬,也不觉得彼此之间有什么特别,不必关心对方有什么变化。大家归入各自的轨道,有人兜转往复,有人走进自己的螺旋。李丁这次长休之前也请过不少病假,传言说他其实自己旅行到了很远的地方,离婚后他就爱那么干,也有人说他一直在搞副业因而已然心不在焉,否则他当初肯调来也说不通。李丁似乎的确越来越懒得跟别人聊天了,整个人真的犹如被其他什么东西抽空了或者填满了。而这段时间彭姐小有晋升,忙工作之余已经很少相看什么人,倒也免于再搞吹约会了。

"你……刚才在这儿,不会是在等什么人吧?"在两人之间的沉默积攒得过量之前,彭姐开口问。

"没，没有。"李丁对着漆黑的前方说。

"哦，那就好，我的意思是，别耽误你的事。"

"耽误不到的。这儿太黑了。"

彭姐翘翘嘴角，其神色当然无法在暗色中传达，但她觉得自己的谢意已经适度地呈递给了李丁。之后的沉默便显得自然松缓了不少，彭姐理顺了肩头的包带，李丁微微反光的额头比她印象中略宽一些，衬衫领口松阔。随着两人的脚步声形成一种稳定的节奏，彭姐感觉到有沉静或者深邃沁来，身旁河水的凉气也更显澄净了。路沿着河岸线弯曲，那些刚才浮动的暗影这时静息下来。有时脚下的路被土坡逼到水边，他们就化横排为纵列，先后通过，来到宽绰处再并肩而行。

所以过了一会儿彭姐再开口说话也就不是为了搭救冷场。

"对了，你们办公室，调来一个年轻人，你知道吧？"

"是吗，我不知道。"

"大概是因为最近工作多吧。一个小伙子，暂时坐在你的位子上，据说接手了不少项目。"

"怎么都好。哦，桌旁窗台上我那盆花，见了他让他扔了吧，半死半活怪麻烦的，还挡他的光。"

彭姐答应了一声，虽然她不会去和一个新来的小伙子说这些。这晚提起这件事，只是因为曾听到有人用古怪的语气谈论李丁的缺勤，她觉得他对某种动向应该获知一二。当然这份热心也是刚刚萌生的。而李丁心里倒清旷，好像只容着今晚和眼前这一程路。

近两天的雨真不小，前面很长一段路都受了满溢河水的侵占，越走越窄。这几步彭姐和李丁勉强并行，肩臂开始交互擦碰。李丁自然走在贴着河的那一边，时而看看不疾不徐的水流。小时他在乡野的河里玩过水，没练出水性，试着扑腾几下也会引人发笑，他却记下了那种被河水拥持的感觉。彭姐其实更喜欢这段河水量小些的样子，但此时对它也不厌恶，也频频地朝那边望过去。

有飞虫掠过他们面前时，李丁会挥手稍作驱赶，遇到野猫卧在路边、蛙类从身前跳过，李丁则会扶扶彭姐的腰身，示意她只管径直走过。彭姐也便减少了停顿，好像很快学会了河岸夜行的方式。

不过后来两人都放慢了脚步，直到停下——前面十几步远的地方，有比蛙虫碍眼的东西。一个身影正散开着裤口，斜对河水双手捧着裆里，做出撒尿的姿势。身影驼着背歪着肩但仍显高大，一个红亮的烟头说明他正叼着烟，彭姐似乎闻到了此前与她擦身而过的那种烟味，也又看到了此前的那种瞥视。这家伙像是等在这段最难走的窄路上的，见到来的是两个人也没打算收敛。

凡尘宿垢，怪不得这个夜晚和这段河。如果是独行，彭姐难免要怔忪着退开几步。有了李丁毕竟不同，她已经准备好在李丁的搀扶下爬上旁边的土坡，从坡上的草丛中绕过这段路，但愿绕过之后他们可以顺畅地离开河岸。

然而李丁重新迈开步子朝前走去，彭姐伸手拉他但滑脱了。月光下李丁凑近了那个身影，立时显得枯瘦了几分。彭姐拉他时似乎也低声地叫了他。读书时彭姐听说过男生类似的举动，当然与她无关，是为了护着某个娇小的女生，据说那个走过去的男生朝两个恶汉喊了几声，后来落得个颅脑外伤受损，再没站起来。这座城早年就频出这种事，彭姐只是听说就已经形成了一种退避反射。

李丁身上自然没有那种少年血气。他比她预料的安静一些，河边的夜风拨弄了他额前的头发，又把它们吹到一边。他到那人身边，抬起手把烟从那张嘴里拔了出来，并在最顺手的那个肩头按灭。自然不是自己的肩头。那人撤开肩膀，扭头惊看李丁，本就晦昧的脸孔随着他烟头光点的消失暗作一团。

"今晚这河多好看多清爽，幸亏你尿不出来。"谑笑的声音来自李丁，"还是你就是想把它露出来？要不然这样，咱俩都露出来比比看，谁的小把谁的割了，怎么样？"

两个人对视了一会儿，李丁搭肩探身过去又说了两句什么，那人向后退了两步才朝李丁一扬手，没骂出几个音节就奋力地爬上坡去。

踢走脚边一颗石子，李丁回头去接彭姐，拉起她的手走过了这段路。

脚下再次畅快起来，夜色如此适宜穿行。李丁的手不算大，彭姐似乎能感觉到他掌心繁复的纹理，而他的握合这么自然自在，好像手里拿的不是女人的手，而是个趁手的家什。比起路遇猥琐，李丁刚刚的声音和动作更让她讶异，有纷乱的东西在她胸中沉淀，略微改变了她的气息。

"那个家伙……"彭姐回头看了一眼。

"那个家伙真敢比试的话，他真的会输。"李丁朗声一笑。

"反正……"原来脸红起来时说话声音也会变，"反正以后遇到那种事，离远一点就行了。"

李丁只说："好。"

走过一座废弃的栈桥和几棵老树时，李丁多望了几眼。栈桥边缘残破，主干仍然平直，沉静地指向水面开阔处。对岸的灯火虽然仍然可见，却都像是扭开了些微角度，在关照着别处。不知道栈桥初建后新净了多久，总之废弃残破了，就不用承载太多人迹，只有流水在暗处拨弄着它的桩基，留下窸窸窣窣的持久声响。在树木的掩映下，河岸的路在这里算是偏得了一个岔口，这让这段河看起来愈发的好。彭姐从没留意过这里，今天如果换作几个小时前还有夕照的时候，她会好好端详这里的意境吧。

手机铃声响起来，彭姐接起电话，听了两句也说了两句，是自己还没到家之类的话。李丁移开两步，又凑近水面，似乎喜欢闻河水的味道。他拾起一块石头扔进河里，石头击穿水面的声音清脆，随之隐没得也利落。

余音散尽,又一块石头从李丁身后高高地飞出,朝河面击去,咚地落进水流当央。是块不小的石头。李丁望望落石之处又看看来到身旁的彭姐,彭姐有点为自己能把石头扔得那么远而难为情。

"要是有人来接你的话,那可来晚了哦。"李丁说。这里已经可以看到前面截断河沿的跨河马路了,路上的车都带着自己的光亮和嗡嗡声笔直地奔往。

"是我弟弟,急着让我帮他办点事。他才不会关心别人呢。"彭姐却还没有继续往前走的意思,"李丁,过去我不太了解你,其实你是个挺好的人。"

实际上两人碰面的次数,多于彭姐记忆里的。这次李丁请了长假要离开单位时,还和她乘了同一趟下行的电梯。当时是楼里相对安闲的午后时分,李丁在办公室把自己的座位和桌面整理干净,收拾了几样东西,装进他的背包。电梯不等自来,里面没有旁人,只有一个饱满的彭姐。两人相互浅浅地点了头,谁都没开腔说话,李丁看了看彭姐,她胳膊上挂着挎包,手里翻弄着两页文稿。后来似乎李丁动了动干枯起皮的嘴唇,刚要张嘴说句什么,电梯就中途停下,放走了彭姐。听到她在电梯间门口刚好遇到了要收文稿的人,李丁还按住开门键,等了彭姐一会儿,但接下来她和那人谈笑甚欢,没有返回电梯。李丁松了手,一个人降到一楼,背着他的背包有点佝偻地离开了大楼,从此再没去上班。

"挺好?那看来你还是不太了解我。"李丁对着河笑笑,掏出自己的手机，翻找出什么，递给彭姐。

手机屏幕是裂的，玻璃上有两道交错的裂纹，彭姐还是看得清，上面袒露着一个视频文件，封面画面上的人好像是自己，穿着曾挺喜欢的深蓝色上衣，"这是我吗，什么时候拍的？"

"去年夏天，你来我们办公室填什么表格的时候。"李丁示意她播放视频。

画面动起来，里面有了纸张摩擦的声音和说话声，一侧是李丁的桌角和窗台上那盆半死不活的花，另一侧的彭姐哈着腰，伏在桌面上填写东西，深蓝色上衣开阔的领口里露出白花花的胸脯。取景角度变了变，好像在微调着摄像头的指向。后来有人让彭姐别客气，坐下慢慢写，她就坐下去，截断了探入领口的视线，但也许是桌椅高度让她有少许不适，她托了托胸乳，把它们放在桌面上才舒服些。那对胖东西就娇憨地着落在桌面上，随着彭姐手臂的动作发生小幅度的挤挨和滚动。

视频播完，彭姐还那样定定地拿着手机。

"其实当时我有点慌，手不太稳。"李丁转脸直直地面对着彭姐说，"当天晚上看这段视频时我还是有点羞愧的，同时就把手伸进了裤子里……后来也常常那么干——我跟刚才那家伙，其实是一路货色。"

"不，你不能这么说……"彭姐一时不知说什么好，只觉得李丁在河面微弱的波光中，两眼格外地清澈，端稳地容纳着一种无意流转的纯粹。辨不清是光线、距离还是别的因素所致,她从来没见过李丁这时的样子,也没见过别人有这样的眼神。

过了一会儿,她笑着把手机还给李丁,轻声说:"看上去我气色还好哈……就是画面确实有点抖。"

她笑出声来,李丁没有。她不知道如果抬手捶他肩头一拳或者掐他上臂一下会不会更好,对熟人她是常常佯怒着挥拳挥掌的。两人继续去走河沿剩余的路,都没有留意是什么时候,李丁的鞋和裤脚被河水浸透了。彭姐则是身上有微微的汗湿,自己平常走到这里时是不是也这样,她想不起来。

前面街灯渐近,只有一棵弯曲的老柳还留在昏暗中,一面的柳条垂入河面。靠近道路的枝杈上弹动着两三只夜鸟,李丁的身形几乎擦过那里,而鸟们视若无睹安然自若,仿似只有一阵轻风游过。

稍后走到马路上,他们难免觉得路灯和车灯的强光刺眼,也都没有直视对方的脸孔。彭姐的家不远了,李丁说自己完成了护送,该去买瓶水吃药了。彭姐知道附近没有便利店,就从包里拿出自己喝过剩下的少半瓶纯净水,让李丁别嫌弃。李丁笑着轻轻拍了拍她的胳膊,两人道了别。

彭姐穿过巷道,走进自己家的园区,觉得这时天色竟恍若比下班时还早一些。她差点停下脚步,但终究没有想好这个时间自己是不是真的该去哪里做点什么,又有什么事可以去做。实际上在河边接电话时，她就把弟弟求自己办的事推到了几天之后，而且不寻常地很快挂掉了电话。相比河水，今晚时间的流速并不均匀。

进了楼上电梯时，彭姐也含糊地记起在单位电梯里和李丁同乘的那次。回到家，她正吃着东西，却起身去翻衣柜。去年夏天常穿的那件阔领深蓝色上衣很快就找到了，这件衣服让她的皮肤最显白嫩，可当时戴的那种轻软的薄文胸却怎么也找不到，她只能把另外一款相似的拿出来，试图拆掉它过于挺括的塑形海绵。结果可以想见，她一上手就毁了它，只能瞪着眼，嘀咕着贬损自己。

她洗澡比往常久了些。睡前她翻弄手机，忽而想去翻看单位同事的微信群。划过里面那些纷乱的表情和毫无意义的信息，她看到傍晚时自己部门的同事在群里抱怨今天得加班，而几个与之相熟的其他部门的人则戏谑着表示安慰兼幸灾乐祸。她又查看了群成员，确认李丁在里面，只是从没发过言。彭姐抿抿嘴唇，不禁回味起今晚的李丁，包括他一路上的张弛收放，还有神情、步态和手掌。如果不是那个电话让他觉得她回家有事，可能他会把她送到家里吧，但今晚这样的分寸倒也刚刚好。或许下一次，他就会貌似随意地说一句"去你家坐坐"，然后跟着她甚至可以是一直拉着她，像拿着个趁手的家什要来摆放到她家里似的，顺适地和她一起填入这个空间。

总之只要像今晚这样，很多事便都行得通。由那次电梯相遇的记忆，彭姐推算着李丁的病假休了多久，心想这或许就是充足的休憩对身心的意义。

夜早已变得浓重浩瀚，不容挽回。有人却相信夜晚总会兜转回天明，彼此不久就将在光明里重新相见。

道别前彭姐留给李丁的水其实不多，好在李丁吞服那些药片简练果决。下咽后他看了看远近的灯火和穹隆夜色，便回到河沿深处，回到河水今晚的气息中。马路边他那几个湿脚印很快在夜风里消泯，没了痕迹。不是什么印迹都这么容易消失的，有的虽不绽露，仍会在年月深处一阵阵搏动，一旦掩埋不及就崩开疮痂，变成新旧叠加的创口。

这些日子里无论李丁曾找寻过什么，夜与河流其实都如此近切，如今他终归认出了它们。幽暗里在旧栈桥附近他稍事徘徊，拿起手机又看了一遍那段彭姐的视频，领口那段很短，她坐下后的样子和体态曾是意外出现的亮点。彭姐看过视频后的笑态刚才让他心里生出些微波纹，假如那次在电梯里他们谈上几句也会如此吧。可这些毕竟转瞬即过，今晚没遇上的话，他大概不会再想起彭姐这个人，会早些依打算行事。这时他从水边暂且退开几步，只为不弄脏河水，对着视频画面他想解开裤子再来最后一次，却又垂下手作罢了，感觉那份心绪早已散失幻化。药也起了作用，他已经看不到手机屏幕上的裂纹了，神志和肢体都迅速怠惰下来，做不出什么有力的反应和急剧的动作了。这很好，应该能为稍后或者说为无尽深远之境免却一些滑稽和荒谬。

  他安了心，踏上边缘残破却直探河面的旧栈桥。现在他和黑夜终于可以互不辜负了。

灵长目之夜

停歇下来后,浑身是汗的甘瑟觉得夜晚冰凉。伯纳黛下床,没开灯,竟然点起了三根彩色蜡烛。

"知道这是什么吗?"她笑着问。

甘瑟脸上出现了惊惧,好在烛光飘忽,阴影浓重。

"纪念日。"伯纳黛自己回答,"到今天,我们认识满三个月了。你还完好无损。"

松开捏起甘瑟腮部皮肤的手后,她要去从冰箱里选一瓶酒。

甘瑟用门齿去整理下唇的表皮,又看了床头的日历。看来计算日期是自己的需要,却是女人的本能。如今这女人用三根刺眼的蜡烛,最后帮助了甘瑟一次。他下了决心,他已经受够了一阵阵的忐忑。

伯纳黛回来了,她举着两只高脚杯爬上床,说甘瑟的嘴唇红润得像个小姑娘。甘瑟应景地又亲了她才接过酒。三个月前他们的初吻特别甜润。

两人碰杯喝了一口,她问:"三个月,九十二天,你觉得漫长吗?"

甘瑟希望自己放轻松一点:"当然不。我还记得我们刚认识的那天晚上,挺凉爽,你的月经刚走……"

伯纳黛佯怒,用脚指甲划了甘瑟的腿一下,然后猫咪似的靠回他身边。接下来是几分钟的安静,伯纳黛一手揽着甘瑟的胳膊,看起来很惬意。甘瑟嫉妒她在享受,自己却要负责完成一些什么。他被酒小小地呛了一下。

"伯纳黛,"甘瑟把酒杯放在床头柜上,蹙眉说,"你知道当初我为什么选择来这里学生物学吗?"

"不知道。为什么?"伯纳黛的语调像她的身体一样绵软无力。

"因为我对它感兴趣,而且……我和别人不一样。"甘瑟一时想不起该如何铺垫了。

伯纳黛点点头,"是啊,很多人把猫猫狗狗当皮球一样踢开。"

"不,我的意思是……妈的,我不知道该怎么说。"甘瑟似乎有点为处境气恼。

伯纳黛察觉到什么,也放下酒杯坐了起来,"怎么了?慢慢说，我能听懂。"

"你不会懂……"烛火靠近窗口，在风里跳动起来，看起来把甘瑟惹得更烦躁了。

她绕过甘瑟去关窗子，两个人在床上时她从不让甘瑟下床去做什么。但甘瑟不太喜欢女人为他着想，现在他倒觉得不稳定的烛光才让他舒服。

"可我想听啊。"

她说得像个中学女孩。借着她的耐心，甘瑟整理了一下思路。

"自从我父母告诉我那些事，我就想弄清楚自己究竟是什么。"甘瑟深沉地说，"通过几年的学习我比我的家人更清楚我们这种人了，但还是于事无补。"

伯纳黛看着甘瑟，轻轻地点头。甘瑟知道她想用能理解一切的姿态让他舒适一些。但眼下没有质疑和提问，甘瑟反而更难说下去。停顿了一会儿，伯纳黛认真地说："是遗传病吗？我不在乎的，只要……"

"我不是真的人类！"甘瑟突然吼了出来。

看伯纳黛吓了一跳，甘瑟呼出一口气，又把声调降了下来，"或者公平一点说，我也算人类，只是不是你们智人。如果你们按照物种分类的习惯叫我们伪人类，我能接受，但你们不会理会那么多，一定会把我们当成野兽或者牲畜。"

伯纳黛做出惊讶的样子，稍后她把脸孔松弛下来说："这就对了。这解释了为什么你一脱了衣服就那么凶猛——还有你像那些没有安全感的野外生灵一样，总能用最短时间满足你自己！"

看到甘瑟的神色，伯纳黛只好又说："开玩笑的。"

"你觉得这可笑吗？"甘瑟逼视着她，大声说，"一个如此卑观的人远离家乡，决定把他的倒霉家事告诉你，然后你觉得很可笑？"

伯纳黛呆愣在甘瑟身边。她是个聪明的女孩，很少露出这副模样。甘瑟仍然垂着脸颊，两人对视长久。甘瑟在眼里又注入了一些严厉，可随即伯纳黛的笑声终于迸发出来。

"是那部电影给了你启发吧？"以伯纳黛的聪颖，她通常不会犹疑太久。她捏了捏甘瑟布满须根的下巴尖，她肯定是最喜欢接触甘瑟头部皮肉的女人，"你很可爱。我是喜欢那个狼人角色的神秘和野性，不过我已经足够爱你了。你的分数是 A+。"

"我……"甘瑟几乎还没发出声音，伯纳黛就笑着翻弄他的枕头，又探身查看甘瑟一侧的床下，"礼物呢？你搞出这个新说辞，不会没有搞怪的礼物吧？"

甘瑟难受地摇头，他被找东西的伯纳黛压住了腹部。

"你真差劲。"伯纳黛噘嘴掐了甘瑟一下说，"认识一周时都有礼物，到三个月时却没有。"

甘瑟被岔开话头，自己翻了个白眼儿。伯纳黛突然想起什么，下床取来了笔记本电脑，打开说："说到狼人，你让我想到野外了。还是想想我们下个月去哪里旅行吧,小野兽。一个邻居向我推荐了一个风光主题的网站。"她一直计划着下个月和甘瑟去加拿大玩。

甘瑟早该想到对话会变成这样,在与伯纳黛对视时他的目光远远不够冷厉。伯纳黛已经打开了一个关于北美旅行的网页。

甘瑟对伯纳黛在做的事漠不关心,自己说:"我的父母和祖辈叫自己蒂森人,他们在墨西哥生活了很久,但他们认为我们的祖先来自亚洲——你们的来自东非。"

"呵呵,所以对我们两种人来说,加拿大北部都很新鲜,不是吗?"伯纳黛盯着电脑屏幕上一片与积雪交杂的开阔林地。下个月将会是他们的第四个月。

"他们自认为是和你们智人同属不同种的隐秘品种,我十几岁时就是这么被告知的。现在我不相信他们说的话了,我是生物学硕士。"

"你真棒。事实是我们有共同的祖先,他们是雌雄同体的。像我们这样的一对应该重新黏住对方。"这次她揉着他的耳垂:"——哎,班夫国家公园怎么样,天哪,'最好的业余探险目的地'!"

"阔鼻小目,美洲物种。"甘瑟只望着窗外自言自语,仿佛不再想与伯纳黛交谈。

"什么啊,你在说什么?"伯纳黛觉得玩笑早该结束了。

甘瑟的神情犹如疲劳,"他们所指的蒂森人在一万四千年前灭绝,证据确凿。我私自研究过,我们伪人类和智人的亲缘关系更远,远得多——我们的近亲很可能是阔鼻小目的美洲猴子。是阔鼻类而不是你们狭鼻类……"

伯纳黛见甘瑟眯着眼睛,眼里几乎看不见反射的烛光,"甘瑟,你到底怎么了?"

他索性完全闭上了双眼,"我们不属于同一个小目,所以根本不可能同科同属!你现在跑下床去,还来得及。"

"你能停下来吗,甘瑟。我有点害怕。"伯纳黛终于意识到这晚会有些特别,而她应该全神贯注。

"我应该早点告诉你。每只美洲猴子和人类上床前都应该坦白!"甘瑟的情绪像是要扇自己一耳光似的。

伯纳黛关上了电脑,把它放在一边,重新准备倾听,"好吧,那你就好好跟我讲一讲吧。"

"先问一下,刚才你说我……你真觉得我在床上不够好吗?"

"呵呵,是你说你喜欢爱开玩笑的女人的。"

甘瑟重新深沉下来,低下头说:"鼻子是关键。我给自己拍过透视片子,我父母来这里时我也给他们拍过。由于进化史上趋同演化的强大作用,伪人类的外形已经和现代智人相同,生理结构也相差无几了。但阔鼻小目原本鼻子扁平,鼻孔朝向左右两侧,这些特点的遗留后果是我们的鼻骨表面上跟你们的一致,实际上在演化过程中为了勉强隆起形成了两条细小的凹槽……我家人清晰的鼻骨底片可以排除凹槽是旧伤的可能。"

伯纳黛把手伸向甘瑟的鼻梁，甘瑟一扭头，厌烦似的闪开了，"你摸不到，像裂纹一样，就算用成像技术也要仔细观察才行。"

"裂纹能说明什么呢？你看看黑人和白人的鼻子差异多大。我有一个朋友研究非洲文化时就娶了一个土著黑人女孩，他说他们生活得很好。"

"他没嫌弃他妻子是吗？我早就知道你们有这种自以为是的白种智人自我中心感——只要你们愿意接受，事情就行得通，对不对？得了吧，你们对世界一知半解，根本无法理解别人的处境和需要。我的长辈选择生活在他们的小圈子里，真是明智之举！"甘瑟把话说得越来越生硬，"我们是截然不同的，清醒一点行吗！"

"抱歉我以前忽略了关于伪人类的知识。"伯纳黛无辜地说。

"我们就像假面舞会上两个碰巧戴着同样面具的家伙，我们的相似是肤浅的。"甘瑟恢复了几分平和，"你也不用太紧张，毕竟伪人类和现代智人同属于灵长目类人猿下目，一阶段的接触还不会产生什么危害。"

"这样啊，那，我有两个问题——"伯纳黛的嗓音轻缓而清晰，"第一，你说这些话，是不是要跟我分手；第二，我很难理解你说的什么演化。"

"让我这么说吧——"甘瑟回应道，"趋同演化有个经典例子：猎豹是非洲的著名物种，它在印度已经灭绝了，在其他大洲更不可能存在。但在美洲，出土了两种叫作美洲猎豹的动物的骨骼，证明它们和非洲猎豹外形十分相似。它们可能几千年前还生活在北美大陆，头小，鼻腔的空间大，有典型的适合快速奔跑的四肢。除了皮毛的颜色不为人知，美洲猎豹几乎就是非洲猎豹的镜像。曾有学者断定两者是近亲，但你知道吗，遗传学研究推翻了这个合乎情理的判断，揭示了美洲猎豹是美洲狮家族的，它们和非洲猎豹完全属于不同分支。"

甘瑟似乎不愿放弃眼下自己讲话的节奏，讲解时他一直没看伯纳黛，但也许他能感觉到，他刚刚开始说这段话时伯纳黛就哭了。后来伯纳黛用手抹干了鼻翼和两腮，把自己的脸擦得光洁如新。

在甘瑟咽唾沫时，伯纳黛用潮湿的腔调问："你确定这就是给我的答案？"

"……嗯，这就是典型的趋同演化。你知道，美洲狮和猎豹并不相像，但美洲猎豹生活在草原和平原上，同样以有蹄动物为主食。诸如此类的生存条件让它们的外形和骨骼结构无限地接近非洲猎豹。可是成千上万年后，它们不多的残骸还是出卖了它们，身世是抹不掉的。不可思议吧，我以前的一位老师借鉴了学界对南美洲伪狐的命名，称它们为伪猎豹。"

"很恰当的说法。我是说……"伯纳黛一下子无法发音了，瞬间又溢出了眼泪，她挣扎了好一会儿，"天哪，求你了，我知道你又害怕了,又想念你的自由了,但为什么你不直接讲给我……连坦白你也害怕是不是?真正的感情是不会让你窒息的,况且我说过,我会一直等到你能从容面对它,好吗?"

甘瑟一时稍显无措,他有点忌惮伯纳黛的眼泪和哭腔。她和那些与甘瑟交往不足二十天的女子们仿佛不同,总能用交谈搅乱甘瑟原本的念头。几次了,甘瑟以为会是最后一次相见,预备好的告别辞平白、明晰而切题,但他一开口,她就温软地和他聊了下去,一切又流入了无止之境。这也是甘瑟这次有意坚决起来的缘由。

"那好,我们就来面对问题的本质。"甘瑟守定了自己的主意,"你一定听说过很多杀妻和杀夫的案件,但你们不知道有些这类事件深藏的原因。很多悲剧是正常人和伪人的结合促发的……"

带着泪花,伯纳黛苦笑了出来。她慢慢合上了两眼,这次什么都没说。

甘瑟接着说:"阔鼻小目的后代不只分布在墨西哥,他们多数融入了智人的社会,但未必知道关于自身的真相。当他们有了智人配偶后,长期的亲密接触会使夫妻间的品种差异转化为残杀动机——伪人和智人的很多生理现象不尽相同,例如外激素交流,有时他们会在不觉间给对方诡异的暗示,但这些差异又不足以让他们明确意识到。他们对曾经深爱的配偶痛下杀手时极可能是被终于爆发的本性冲昏了头脑。这是相当可怕的。可惜世界上还没有几个人或者伪人对事情的严重性认识到我这个程度。"

"是挺可怕的。"伯纳黛睁开眼露出凝固的眼珠,声音还带着点鼻音。

甘瑟点头:"越了解就越害怕。对了,你看这个——"

甘瑟拧转身,露出后腰,那里有两块浅褐色的斑迹,"看到了吗?这两块斑纹比我父母身上的还要明显。伪人类多多少少带着一些返祖特征,不太幸运,我的算是比较明显的。也就是说,我和智人的内在差异可能更大。根据我读书时的分析,阔鼻小目演化成人形的生态条件很晚都没有出现。后来受到种种新生因素的刺激,也可能有赖于接触进入美洲的智人,阔鼻小目的一支大幅度地改变了体态,外形迅速接近智人。这种趋同演化非常伟大,但同时也遗留了一些问题。短时间脱掉浓密毛发让它们,应该说我们,更需要在过渡期拥有起保护作用的皮肤斑纹,这些斑纹就是现在伪人的常见返祖特征之一。"

甘瑟长久展露着自己的斑迹,他发现自己目前挺喜欢背对着伯纳黛。等他因为腰肌疲劳不得不回过身来躺下时,伯纳黛看起来已经恢复平静了。

"谢谢,你用这些事例来解释你的事,多少让我懂了一些。"伯纳黛的声音已经没有了波纹。

甘瑟看着自己伸出被子的正在互相摩擦的脚趾说:"是,我想让你弄懂……"

此前一直是伯纳黛想让甘瑟懂得些什么，其结果就是九十二天这个触目惊心的时长。

"那……"伯纳黛说，"我想问什么来着——那种猴子，你说它叫什么？"

"哦，它们是阔鼻小目的，这是一个分类学概念，可以指多种美洲猴子。"

"那你的祖先是哪一种？"

甘瑟怪怪地笑了一声，"怎么，你想……"

伯纳黛重新拿来并打开了笔记本电脑："我有点感兴趣了。况且如果我以后跟朋友们说，我曾经有个男朋友是伪人类，他们肯定想听细节。"

"那你可以查一下阔鼻小目。但不用对别人说太多。"

伯纳黛在一部在线百科全书里搜索到了这个主题，页面上出现几种猴子的图片和简介，"是这些吗？似乎真的有很多种类，哪种是你的亲戚？"

"具体来说……当然这些只是猜测，我觉得是这一种。"甘瑟指了一种毛色不均，形态怪异的。

伯纳黛看了一眼那张图，然后盯着甘瑟，"你都研究到具体的种类了？还是你瞥到这种猴子的简介里写着'一夫多妻'制就有了好感？"她目光里的锐利一闪而过，此后再也没有出现过。

"你可以不信，我又没寻求任何人相信我的事。"甘瑟做出无话可说的姿态。

"好。我看看。"伯纳黛看着在线百科全书里的图片和文字，"是黑角悬猴，原谅我，它挺恶心的，不强壮，我也不觉得它们会很干净，即使在猴子里也不算。"

"你觉得看到本相了吧？"

"是啊。你怎么不早点告诉我？我们都在床上滚了三个月了。现在在你旁边，我好像都能闻到一股腥膻味儿。"

甘瑟略微皱眉，"……有那么严重吗？"

"差不多。但也许你说出这些需要很大的勇气。之前你跟谁说过吗？"

甘瑟吐出两个字："还没。"同时回想起自己在卫生间里对着镜子的几次演讲。

"那谢谢你告诉我这么多。我就把这当成一份留念礼物吧。"伯纳黛说，"你一定没少为自己的身世挣扎，这并不公平，但旁人根本帮不上你的忙，不是吗？"

"是的。我得感谢你这样的女人，遇见过你我也就甘心孤独了。只是挺遗憾的……"甘瑟心里泛起了一点出乎意料的伤感。他的手把自己的脸捏得一团糟，似乎是代替伯纳黛这么做的。

伯纳黛接过话："没有必要遗憾。就像笑话，让人笑一次就够了。谁都不会珍藏笑话。"

"今后……你懂得辨认男人的本质对吧——我这种情况除外。"

"你看我很容易被愚弄吗？另外，关于我的交往对象，我父母也很挑剔的——说起来挺有趣，他们甚至不许我和姐姐约会得克萨斯人，更别提什么伪人类了。"伯纳黛笑了几声，然后开始有条不紊地穿衣服。后来她转过身去，熄灭了该死的蜡烛。

"至于我的那些许诺、说过的那些女孩儿话，尤其是'无论如何''永远'这些陈腐的词儿，不会成为你的笑柄吧？我说那些话时想到的只是你该对我如何如何，而不是相反。你知道我们这些……怎么说来着？"

"智人。"

"对，智人，呵呵……"

在真空一样的室内，甘瑟终于迫不及待地说："我该回去了。在你这儿应受的欢迎我都已经享受到了。"

他把衣服穿得飞快，然后经过三个月来熟悉的路径从卧室走向门口。从床到门的距离居然这么近，一刹那前他还裸体待在伯纳黛的被窝里呢。伯纳黛送了出来，在门口她抱肘说："你的事，我还是和你一起保密吧，放心。"

甘瑟回身说："谢谢。那……就这样了？"

"就这样了，当然了。晚安。"

没听见再见之类的话。不过甘瑟从外面关门的时候，至少伯纳黛在门里轻轻摆手。

深吁着气下了半层楼梯，甘瑟狠狠骂了自己一句，又回来敲伯纳黛的门。他只穿着衬衫。

"伯纳黛，我的外衣在里面，麻烦你递给我。"说完甘瑟贴近门口，等着听里面的回应。不知伯纳黛有没有听清他说什么，总之房门没有打开。甘瑟犹如看得见门内的情形，他咬了咬嘴唇，努力地又对着门说："我落了外衣在里面，伯纳黛。你……你帮我扔到窗外去，行吧？"

照这办法，只要甘瑟能跑下楼去，在夜色里接到从楼上抛下来的衣服，问题就全解决了。

梅维斯研究

电极植入技术应用于神经生理学研究始于二十世纪四十年代。相关研究多与脑功能定位有关。将电极放置于脑神经的特定部位，使之放电并观察动物的反应，很方便指认该部位的脑功能。1949年马贡等研究者曾经用此类方法，结合观察被植入电极的动物的睡眠活动，指出控制睡眠的中枢存在于中脑网状系统的某处。该结论名噪一时。做出颅部牺牲的生灵几乎被写进科学史，如果不是1960年马贡以更高姿态变相否认了自己的发现，它们的性命便会换得类似名节的回报。

我所在的维琴医疗研究所称得上收集了有关电极植入的所有早期资料。在每日例行的阅读中我发现，新近十几年的研究在资料室里反而显得内容简略，只有几份按期邮寄来的概要性刊物。

刚泽已经把电极片植入人脑语言中枢,让除眼皮外全身瘫痪的失声患者通过思想引发体外装置发出"语音",而断肢的猴子也可以依此原理以自己的意愿控制假肢。但显然,早前的探索在维琴岛上更受关注。而且我逐渐感觉到,维琴研究所对帮助残疾人不感兴趣,它理想的医疗对象是健康人。当然,也许有些研究注定比另一些更引人回味。

　　从资料的保存情形来看,欧茨电击小鼠的研究被视为精要。研究报告的纸张逐页沾染了手指反复捻触留下的污痕,标记符号多到快要埋住某些段落。1953年,欧茨实际上想重复马贡的实验。但电极安装的位置出现偏差,放电之后小鼠没有昏睡,而是屡次回到遭受脑内电刺激的地点,似乎在极力索取新一次电击。为确认小鼠的决心,欧茨设置了障碍物和食物诱惑,观察结果是小鼠可以超越险阻和极度的饥饿,去寻求伴有巨大痛苦的电击,如果被给以电路控制点,小鼠会废寝忘食地不断触发脑内电击,直到电流被关闭或者自己因精疲力竭而昏厥。这不是马贡所指的睡眠。欧茨一定为自己的偏差兴奋起来,发表自己的研究报告后他立即被认为发现了脑内释放快感的"快乐中枢"。虽然后来一些神经生物学家认为那只不过是"欲望中枢"而快乐之点另有所在,但小鼠的表现让人无法质疑该种电刺激的意义。

　　我常在胸膛起伏中结束该篇目的阅读。走到室外的岛地海风和艳阳中,我试图息止对小鼠的想象,却总是回忆起莉迪亚的面容。当然这种时刻的想念不算浪漫，我相信是海风吹动了记忆。来群岛之前我可从未想到自己会陷入这种阵发性的痛苦。

我来到维琴研究所工作后一次在岛间旅行时遇到了莉迪亚。当天我登上去图森岛的轮渡，像以往乘船一样，来到最容易和女人聊起来的甲板，年轻白皙的莉迪亚就站在那里。她的安静让我略有敬畏。她不是刚刚上船的旅客，而是随船而来却并没下船。她面前摆着画架，几幅颜色混乱的画被她苛刻地半塞进帆布口袋里，我还以为画家对画作比世俗的人宽容得多呢。她竖立的短发时时被腥冷的海风压倒，忽闪着暴露出泛青的某一块头皮。依经验判断这不是搭讪的好时机，我并非一定要做成什么事的人。

几年前我在维琴岛停止游学之旅，接受了资料室的工作。我曾与很多年轻人一样，追求医学领域的成功，但我没有为任何事下决心。母亲起程前留给我不少的钱，爱母亲的孩子会因母亲的消失而恨她，不去触碰她留下的东西，所以我因为不爱母亲而富有。既然学术名望这样不易得到，我便收回伸向它的手，在维琴岛上暂度时日。这里的斯科特博士虽然并不欢快，看起来却也是个从容的人，研究所在他的管理下愈加安宁，人迹罕至。他对我说过，作为一家私立机构，我们只研究电极项目。

一开始，我的阅读就是被这种安宁鼓励的。在几乎无人光顾的资料室，我被迫展开纸张，掌握了一些知识。看起来，岛外相关技术的多次进步成果颇丰。植入对颅脑的创伤早已明显减小，放电刺激在感觉上也已经很友好，改进后的电极甚至包含着神经营养因子，会促使神经细胞围绕或者深入电极生长，使它在特定的地方固定，从而更长久有效地影响神经细胞。阅读这些时我还没有为那些纸上的成就兴奋，需要外出来改换一下视听，算是在连绵的安静中安排一个相对吵闹的间歇。

　　那次我在图森岛逗留的最后一天又遇见了莉迪亚。她的照片张贴在一个小型画展室的门口，神色与在甲板上同样冷淡。我走进门，四下看了看，后来停留在一幅画前。这画作极力显示抽象气息，是一缕缕细而密麻的冷色线条，走向大体一致而细节纷乱。我拿过准备在一边的按钉和纸条，按在留言板上，并写下了我的留言："窃风"。因为此前我在画框玻璃中看见身后的莉迪亚正在望着我和她的画。

　　然后莉迪亚果然慢慢走了过来，我没有急于转身，就像在甲板上一样不慌不忙。渡海当天我在她身后，看见她把一束涂有颜料的轻软丝线钉在画板顶端，让它们侧迎着海风跳动着在画纸上反复留下痕迹。

　　我以为除了乘船的频率，与莉迪亚的交往并不会改变我什么。每周一两次，吹着海风去到图森岛，把关于艺术的话题尽快圆滑地引向性爱，对我来说不算辛苦。可实际上后来我变得敏感于婚姻的话题。在我不再轻易去图森岛的日子里，我常常在资料室里与斯科特博士谈话，有时聊的便是婚姻。斯科特博士是个单身汉，说话的语气似乎对什么都有些厌烦倦怠，幸亏如此，否则我不知道该信任谁。

开始提到杜安博士时，斯科特博士的话才多起来，两眼也时而滑过神采。他对我知悉杜安这个名字小有惊讶。原来斯科特博士是个在乎友谊的人，我想。我在研究所的事志上读过他们两人的一些事，结合斯科特博士三两日一次的言谈，继续阅读有了新的滋味。十几年前在两人的共同努力下，维琴医疗研究所才得到如今的名号，其前身只不过是一个电极植入实验室，成员只有杜安博士和斯科特博士，而且实验项目寥寥可数。眼下，除了没有研究项目正在进行之外，研究所在研究场所、实验工具、资料和档案储藏等方面的改善都令人欣喜。而且研究所在成立伊始，也就是在这些改善出现的同期，的确进行过一个耗时不短的被称作"梅维斯研究"的项目。斯科特博士的大半话语与这个项目有关，他不需要时常提及它的名字来表明指涉，因为至今研究所还没有启动第二项研究实践。

斯科特博士和有梅维斯女士介入的往事改善了我的生活。当时我心里原本充满了悔恨和害怕。从前有几次我被女人拒绝后，也曾经因为言语技法不当而后悔。而这种悔恨则不同。我与莉迪亚的第一夜一切都很正常，次日醒来，她为我做了带有小松饼的早餐，像是花了些心思。说我节制也好，矜持也好，在女人家过夜后我从不吃她们做的早餐，我不喜欢从她们那里索取太多的感觉。但那天早上我吃了，也许是因为莉迪亚根本没让我选择，也许是因为我一时走神。我想起了晚上的一个梦，梦里我看见迷人的莉迪亚就在她的床上，手肘撑起脑袋，侧卧在我身边凝视我，我甚至听见了她胸腔缓慢起伏的潮汐般的声音。几天之后我再次睡在莉迪亚床上时，这梦境竟然重现了，莉迪亚还是那样侧对着我，让温热的鼻息扑在我脸上。她开口说从她的角度看我脸部的轮廓真像一幅画。她眼神清澈得让我意外，我机敏地领会了其中的含义，我想重新睡回混沌，用新的梦掩埋起这意象，可是莉迪亚接着告诉我早餐已经做好了，会比上次可口。我看看窗口的阳光，果真已是一个该死的上午了。

　　在莉迪亚清澈眼神的隐隐操纵下，我接受了她的很多建议。淋了些雨水之后，她洗了我的外套；海风大起来的日子，她执意送给我一条围巾；对在她卧室里为我留个专用抽屉的主意我后来也点头应允了；她带我去参加她朋友的宴会，使我在那里吃点心、听曲子并聊天……那期间我总是不知道我为她做的下一次付出会是什么。看苗头迟早她会谈到未来，实际上她已经流露出那样的只言片语。她问我以后久了会不会觉得图森岛，或者说她，叫人烦闷。她口中对婚姻的信念如此宗教化。她还貌似隐晦地探问过我对孩子的看法。当时我因受惊吓而致的语塞和目光旁视被她认为是认真遐想的表现，她笑了。我逐渐被对婚姻的恐惧占据了。

凭什么呢？我给她美好的性爱，她却这样对待我。我又没说过我是夫妻制度的拥趸，而且在这点上我比我的父母更早慧。

想到将要遇上的难题和莉迪亚的双眼，我时而流露出气恼，她为什么不老老实实地做一个心神飘忽不可捉摸的艺术家呢？

莉迪亚好像没有再去船上作画。我仍能在海风里得到享受和放松，只是换作是在从她那儿回维琴岛的归程中。回到研究所的笼罩着旧纸张味道的资料室，面对着卷宗或者斯科特博士，我的心情会好起来。梅维斯女士的往事虽然也与婚姻有关，但在我听来并不压抑，并不是说那一定是个喜剧，你知道，故事好不好与其情节的悲喜无关，而要看我是局中人还是旁观者。

梅维斯女士来到时，斯科特与杜安两位博士正在一起做着他们在电极实验室时期末期的一项工作——卖掉实验室。主要是地产意义上的售卖，实验项目和器材对外界的价值微乎其微，就连两位博士曾倾注其中的热情也所剩不多了。几年来两人更像是在向自己反复演示器具的操作和保养方法，以及为研究报告的漂亮开头坚持练笔。从经费方面看，实验室实质上已经死亡很久了。两人终于准备越过海洋去某所学校里做普通的教员，差别只是杜安博士手上有一所学院的邀请函，是他与在那里做副院长的校友联络多次后得到的，而斯科特博士还在考虑投身何处，仿佛有无数选项。那封邀请函出现在斯科特博士眼前时两人似乎还吵过一架，但一个晚上的对饮让两个学者重新平和下来。

实验室的收购者就是梅维斯女士,她本想在维琴岛营建自己的度假地。奇迹是,她第一次听斯科特博士谈电极植入研究时就被迷住了,后者这样说。言谈间,在无意且敏锐地发现了女士眼中的神采后,斯科特博士使用了几个很得当的词,描述了马贡和欧茨等人的动物研究,偶尔,他把当年的普通哺乳动物说成猩猩一类更亲切些的家伙,之后还几乎是背诵了曾落笔过的两篇研究报告的开篇部分。他谈吐中油然流露的尽是雄心。他对杜安博士也这样说——梅维斯女士被完全征服了!而且当即对肤浅的岛地度假失去了兴趣。

梅维斯女士很快安排了崭新的维琴医疗研究所的建设工程,并在附近为斯科特博士和杜安博士设置了临时住所。在斯科特博士的讲述里,那段时间堪称纯粹的美好。两名研究者望着完全合乎自己理想的未来研究所的雏形,那种喜悦下谁还能沉静地思考日后研究的具体问题呢,两人每天餐饮过后便操练一下复古式的棋牌,不知道自己还该要求些什么。工程启动前夕杜安博士就给彼岸的校友写信,拒绝了此前争取来的就职邀请。对方回信深表理解,并略显兴奋地让杜安博士安心地在岛上"做自己相信值得的事"。

事后去看,虽然未必该用"值得"去形容,可至少,留在岛上的决定对杜安博士生活的改变算得上显著。

在我的意识里，梅维斯女士的形象有时会与莉迪亚的样子相融合，有时又会变成一个发胖后的中年女人的样子。莉迪亚就这样时而侵入那个关于维琴研究所的故事。偶尔在寂寥中，想象着梅维斯女士对杜安博士那种专注的模样，又想到欧茨的实验中小鼠忘我地寻求脑内电刺激的情形，我又会按捺不住，登上去图森岛的船。这样，我和莉迪亚见面的间隔有时很短，也有时很长很长。早先我很好地对她描述过我的工作——做与澳洲之间的酒类贸易，虽然动荡一些，但我很投入。我记不清自己具体是怎么说的了，莉迪亚记得就好，总之我的作息时间由不得自己，也不方便被拜访。

我尝试过乘别的船去附近的其他小岛，可是却难以捕捉新的鲜活的女性形象，我对女人讲话的技巧也仿佛大不如前。在我身边，她们就像不曾与我对视一样，脸孔掠过我的视野就虚幻逸散开去，不留下印记。有一次我带着明显的沮丧转而去了图森岛，并不理会莉迪亚的探问。虽然不明就里，她还是帮我平静下来，认真地说了许多安慰和励志的话，带着她的鼓励，次日我便重新提起精神去别处游荡。

是该和莉迪亚这样眼神清澈的女人长相厮守，还是该带着酒醉般的感觉四处填补虚空，答案显而易见。即使在很脆弱的时候，我也终究能做出正确的选择，不久之后，我就戒掉了图森岛之行。只是有时作决断需要一点促动，莉迪亚本人又帮上了忙。那天我一进她的门，就带着发烫的身体和浑身酒气倒在床上。之前我待在群岛的一个有名的酒馆里，身体有些不舒服时我认为是因为酒喝得不够爽快，便又灌下几杯龙舌兰，等待着疗效。稍后我忍不住呕吐起来，之后浑身冷得发抖，头更疼了。我骂了一句，想是我畅饮得太迟了。酒馆的多色灯光戳在我身上也许使我浑浑噩噩，我不知怎么去到码头上了船，只想着要去一个舒服暖和些的地方。待我翻开眼皮打量周遭时，见到的就是莉迪亚抚上身来的胳膊，闻到的就是她的气味。这能怪谁呢？胳膊和小腿时常让我觉得是女人身上用处不大的部分，尤其是她们走到床边解开衣物之后。对眼前这条抚着我的莉迪娅的胳膊，我两手并用抱紧了些，把它贴在我的脸颊和嘴边，然后蜷缩身体重新闭上了眼睛。

我完全清醒时已经是第二天的午后了，我有些乏力，像肌肉还没有苏醒，但头和消化道都舒服多了。我想起夜里在莉迪亚怀里似乎说了许多话，咽下几口热汤，还吃了些她找来的药。莉迪亚一度很开心，用手轻轻把我前额的头发拨到一边，再次说我的脸孔像是一幅画。

我坐起身来，看见一边被轻巧折叠过的衣物，回想起更多前夜谈话的内容，我心里不安起来。我们好像谈到了婚姻，而且似乎是由我提起的。我当时昏昏沉沉的，但却不那么冷了，大概温暖让我有些兴奋，说了一些不要再离开莉迪亚，要永远像这样待在她和我们将来的孩子身边的话。她则盯着我点点头，任由我说下去。这片段只是该话题的开启,我打了个寒战,能回忆起它大概是因为当时话刚脱口时,一丝稍纵即逝的清醒让我有瞬间诡异的失重感,后来也许说得流畅,反而失敏了。我醒时莉迪娅没在卧室,此时脸上一定洒满了午后的阳光,可你怎能想到夜里面对一个神志不清的男人淡论婚姻,她竟然去倾听。

揉揉眼眶让自己更清醒一些,我起身出去找莉迪亚,要想办法收回夜里说的话。自然没有忘了先穿戴整齐——如果女人以任何方式疯狂起来,你最好能马上离开,而不必回到你们睡过的卧室穿衣服,然后再度经过她面前。即使是平常的交际,重复的告别也往往很尴尬。可能莉迪亚在院子里,我会用花草或者其他外景引导话题,再次谈起婚姻,然后巧妙而不容置疑地告诉她昨晚的话和昨晚的我都不足为信,甚至是极可笑的。为接近女人练就的巧舌,在摆脱她们时也用得上。

在院子里的是一对五十几岁的夫妇,他们在甜蜜地谈话,见到我后起身告诉我莉迪亚在厨房烹饪。他们说是特地为稍后的家庭聚餐赶来的。莉迪亚找来了她的父母!我脑袋里开始嗡鸣。

聚餐有好多食物。其中的鸡肉和土豆是莉迪亚潜心制作的,要我们首先尝尝。认真权衡之后我选择多吃一些鸡肉。桌上还开了一瓶不赖的白葡萄酒。莉迪亚的父亲祝酒之前,自信风趣地问我夜里的求婚不会是个把戏吧。我定了定眼神,回答说不是,只是我喝醉了。然后就和大家一起笑了起来,莉迪亚边笑边拍打了我。她母亲恢复稳重后祥和地对我说两个人在图森岛会生活得不错，只是还需要一段时间来适应，问我是怎样打算的。我礼貌地说我需要适应每早醒来后的惊喜，看了看莉迪亚，之后表示我先要回到我的临时住处，把一部分书籍和包裹带过来。餐后吞咽得差不多，我便遵照自己下定的决心，离开了图森岛。希望这样的彻底消失今后别影响莉迪亚太多，至少别让她误解而对自己的厨艺感到绝望。

码头淡淡的夜色很美，染了柔和灯光的波浪在试图撩拨刚刚开始歇息的岛地，如果不是情非得已，我也不会在这个时间离开图森岛。也好，这样的告别能让莉迪亚浅笑着向我挥手，从永别的角度看，她的平和真是优雅得惊人。

后来我发觉还是高估了这样设计离别的效果。坦白些说，之后我比自己预期的更想念莉迪亚一些。如果我足够细心的话，当晚在回维琴岛的船上就该察觉到。在研究所资料室或者我的居室里，我时常为那样的选择反省并责怪自己，意识到那种撕破脸皮的分手会丑化女人的形象，从而减轻男人的想念和愧疚，而我当时让莉迪亚送上的却是加倍温婉的面容。实际上我为自己着想的是不是太少了？

好在那只是一些情绪上的问题而已，我不是境遇最糟的人。

维琴研究所建设的前后，斯科特博士和杜安博士欣喜地见证了梅维斯女士对他们研究领域的兴趣之浓，即便带着心血来潮的意味，那来潮的气势也令人起敬。两人对那些课题的热情，也是因受女士的带动而膨胀如新的。想到不久前的浮躁和懒散，他们开始为未来科学史上差点留下的空白而后怕。他们的思路空前开阔。

我想后来的事便正式萌生于那段时间。斯科特博士触碰到了梅维斯女士头脑里潜藏的最让她兴奋的东西。他把他和杜安博士曾经的醇厚理想之一讲给女士听，而且经过一段时间的交往，他对措辞拿捏得更显纯熟。其实从研究演进的角度说，他们所谈到的课题并没脱出思维的常理，只不过需要一些果敢而已。两人很早就想把电极疗法引入对人的持久情绪和复杂情感的干预，这接近于改变人的部分性情，可想将会引起轻度的伦理争议。因为有志于此，正如我已察觉到的，两位博士对拯救有明显残障的病人不感兴趣，只想发现奇妙而深刻的改变。在斯科特博士对面，梅维斯女士的眼睛再次明亮起来，或许她刚刚被这个领域吸引时就隐约感到了此类干预的可能，听了斯科特博士深浅并施的解释，模糊的吸引变成了鲜明的冲动。几天之后，她便提出了相当友善的建议。她愿意无偿资助以她姓氏命名的"梅维斯研究"，并且爽快地提供近在眼前的实验对象。

不知道是不是家境富足会让人对很多事物很快感到厌倦，从而倍加珍视那些真正的兴趣，哪怕是刚刚现身不久的。梅维斯女士要求亲自体验这项关于爱恋的实验，她神采奕奕地首先对斯科特博士表达了意愿，说她已经准备好了在实验后突然迷恋上一个没有感情基础的男人，从而确证植入电极塑造人类两性感情的能力。

斯科特博士和随后知晓的杜安博士都有其科学家式的冷静，但听了梅维斯女士的提议之后，还是经历了短时间的目瞪口呆。动物任何情绪情感活动的基础都是简单的生物电现象，改变动物脑内的电流理论上能为建立和更改很多种情绪情感提供可能。斯科特博士把这些基本原理结合于他和杜安博士曾经的实验设想讲给梅维斯女士听时，是想让后者进一步提高对研究所的期望，以此至少在精神上给他们的赞助人先期的回报。想不到所引来的期望居然如此之高。

我想在当时的少顷沉默里，除了实验的方式，两位博士一定也想象了梅维斯女士陷入深爱时的情形。梅维斯女士应该自有其仪态和风度。在斯科特博士最刻薄轻慢的言谈里，对她也没有作任何贬低性的描绘，起码对实验之前的她是这样。这样的证据使我信服。之后的事情也能做几分佐证。梅维斯女士尚且年轻，而且所能支配的财富可以在科研或者其他许多领域发挥影响。如果从她的立场考虑，她是否适合做这项可能波及心智的实验呢？两位博士在一个下午进行了认真的讨论，就像从前他们遇到关键问题时一样。最后他们带着他们的决定，当夜去找梅维斯女士，告诉她实验所设定的另一角色，也就是她将迷恋的人，只能从他们之间选取。

他们对她解释了理由。因为实验要为梅维斯女士建立的是一种浓烈并有排他性的情感，他们需要确保研究所及其科研活动的未来发展，而如果引入局外人去左右她的意志，实验后研究所会有失去稳定资助的风险。梅维斯女士没有异议，对她来说那个人选是谁是个次要问题，总之那将是她所爱的人。她只是对两位博士笑了笑。那天晚上下了些雨，淋湿了两位博士的肩头和头发，也许这使两人走进房间提出建议的样子显得执着而可爱。

随后，两人用了几天的时间消化这个持续新鲜的消息，然后便开始了准备工作。作为热衷于电极植入研究的科学家，他们几年来第一次认真地搜集该领域前沿的信息。他们常常在我现在的资料室里度过大半天的时光，即使有时并未产生任何有意义的创见，他们在繁多散乱的资料旁边共进工作午餐的样子想必也足够令人敬慕。有时讨论发生在实验室，他们取出演练使用过无数次的电路装置和手术器材，就它们的性能和使用方式反复争论辩驳后，一拍即合地决定启用梅维斯研究的资金，更换掉它们中的绝大部分。为迅速引进良好的实验工具和熟悉微创手术技术，斯科特博士列出一张精专于此的知名医学院的名单，准备开始一次游历，维琴岛上的事务由杜安博士来照顾。斯科特博士不知道这次出行会走多久，但他猜想他一定会受到新鲜技术的感染，回返时一定会对实践迫不及待。

　　至少这一点他猜对了。航行离岛后他走访的那些医学院的确征服了他。第一次旁观实验操作，斯科特博士就轻易地得到了许多他和杜安博士耿耿于怀的难点问题的答案，为此他时而窃喜时而暗自羞愧，但他尽力保全仪态，庆幸没有在人前过早地发问。有几个晚上，他熬到可以独自使用电话的时候，便拨通维琴岛的号码，不问自答地向杜安博士讲述他的见闻，讲解他见识到的实验中的那些精彩段落。表达的欲望让他与杜安博士通话时气息急促，像一个相思不浅的人。

　　游历过程中，他为自己拍了不少照片，准备用于梅维斯研究。实验对象，比如说梅维斯女士，被电极刺激脑内的异性吸引中枢并分泌相应荷尔蒙的同时，需要看见未来所要迷恋的人的样子。刺激和特定形象反复同时出现，以建立稳定的条件反射。一位研究情爱关系的生理心理学家提供给他一些经验。斯科特博士试着让自己的脸孔清晰地出现在照片中央，同时让背景尽量模糊，甚至弱化惹眼的衣着，以免更换衣物后失去爱人的青睐。这样，斯科特博士一年后回到群岛时，是在一切即将开始的亢奋情绪中读到那则报纸报道的——

　　杜安博士承认已经种植"梅维斯之爱"，研究可能成就实验室婚恋。

照如今的情况看，群岛范围内产生的新消息寥寥可数，待售的报刊也不常更新。我阅读它们的频率更低，因此能保留一份懒散傲慢。通常不会有什么内容能让我吃惊。

有一天在一本过期不久的杂志上，我看到了莉迪亚。那是一本关于图森岛文艺的月刊，应该是一个社团自办的，页码不多。莉迪亚的脸几乎占了大半个封面。这点倒不奇怪，根据图森岛文艺群体的人头数，月刊一期封面抛出一个艺术家的整张脸属于对脸的挥霍。那上面莉迪亚的两眼叮咬住我，让我有点怨恨人们拍照时看镜头的习惯。我翻开那本杂志，莉迪娅的部分占的篇幅不小，主要内容是一组剪影效果的人物面部轮廓画作，它们排列在一起，除了色调和角度不同，线条形态几乎千篇一律，像同一个男人在多个镜面上的泛滥留影。图森岛上的人们一定是尊重这种重复的艺术效果。看着这组画，少顷我想到了莉迪亚曾说过我脸部的轮廓真像一幅画。我买下了那本杂志。

让我吃惊的事是我自己做出的。我本该去别处，把大价钱花给酒和女人，但我却乘船去了图森岛。这时距离我从那里夜晚离开该有一年多了。我想只要不去见莉迪亚，就算不上失去理智。下船后，离她的住处很远我就收敛住脚步，走进一间酒馆。

我在那里喝了几杯，但确信自己还没喝醉。我注意到一个小伙子很粗心，他身边的棕黄色头发的女人几次侧过脸来看我。她又一次那样盯着我看的同时小伙子和别人说笑着走开了，她竟然起身向我走过来。我颔首无奈地自笑了一下。我知道自己眼神明亮而略显轻慢，嘴唇边沿清晰地凸起，捏杯饮酒的样子也从容娴熟，只是我今天本来没有照顾女人的打算。

她走到我身边坐了下来，有点突兀，她问我是不是曾经和莉迪亚在一起。

这岛真是不大。我扭转着情绪，开口应答有些迟缓。她是莉迪亚的朋友，说曾见过我。我不记得那些间接的朋友，可她看起来不想马上离开。点起一支细细的香烟后，她又问我是否真的了解莉迪亚。我蹙眉默许她继续说下去。

她说莉迪亚从前只专注于绘画，把生活里的其他内容都当作点缀。遇到她所说的"想象力的挑战"时，甚至认为离开纸张的时间都是被浪费掉的。朋友们曾担心她生活得过于空幻，想帮她解脱出来，直到后来他们开始在闲暇合作售卖她源源产出的画作。然而大家接受了莉迪亚的生活状态后，她却突然改变了。她似乎欢快起来，不再是一个纯粹的画者了。她开始参与女人们的聊天，被有些典型的话题吸引。就像刚刚走进青春期的女孩。莉迪亚的新画明显减少，后来几乎见不到了。她倒是花时间在烹饪学习上，比如她的土豆，有一位诚实的朋友第一次品尝过说不喜欢，之后不得不每三两天就去鉴证她的改进。莉迪亚劲头十足，仿佛发现真正的艺术都在厨房里。此外她还一度尝试了针织，精心挑选了线和花纹。有人曾看见她把一条围巾的编织图样画在她的画纸上，大家因此意识到她的作品再也卖不上好价钱了。

这些也都是从前的事了。大概在一年前,莉迪亚似乎耗尽了她的欢快,沉寂下来。有一次她离岛说去维琴岛买酒,回来后便很少出现,闷在家里比最初时更甚。后来人们又看见了莉迪亚的画,只是人物脸部的一些线条,他们知道那已经是成品时不免意外,也没有想到那成了莉迪亚所有近作的唯一题材。不过没人敢对专注的画者指手画脚。在有些人看来莉迪亚像是经历了一次艺术灵魂的涅槃。

叙述倒不算拖沓,只是停顿太多。我把手伸进大衣的里怀,去摸那本图森岛的杂志,但棕黄色头发的女人又吐出些轻薄的烟气,眼神像是表明自己置身事外又像是意味深长。我还是把杂志留在了怀里,保持眉宇间的懵懂或者含糊。这样从头到尾我都没对她说出一句完整的话,我甚至怀疑开始时是否对她明确承认过我的身份。

走出酒馆后,呼吸却一度有点急促,但我一眼也没看莉迪亚住所的方向,径直走向码头。船还没做好准备,看上去要等好一阵子才可以上船,而我还是做到了,没有返身,配得上一块奖牌。毕竟过海下了船,就能回到我自己的住所,过上一个熟悉而得当的孤单夜晚了。

斯科特博士反复读过了梅维斯研究的相关消息之后,作出了一些相当正常的反应。他只把行囊放回住所,拒绝与杜安博士直接交谈。有时杜安博士白白敲他的房门好长时间。两个人友谊的天空第一次出现了真正的乌云。与我类似,那时斯科特博士光顾了群岛内许多喧闹的女人气息浓郁的场所,这使我们后来的交谈有了更多共鸣。我们时常因为谈论那些场所的氛围兴趣渐浓而偏离故事的主题好久。

实际上斯科特博士也在生自己的气,他不仅把游历中获取的很多知识传达给了杜安博士,而且在自己回来三四个月前,就把选购到的实验设备邮寄到了维琴岛,而他本人应那位研究情爱关系的生理心理学家的邀请,去后者的院校继续做他的访问交流。那是一家以心理学见长的综合性大学,校内氛围活跃,研究项目显示出思想的鲜活大胆,斯科特博士逗留了一段时间。后来杜安博士曾留给他一封信,解释说就在那段时间,有消息说有人要在欧洲一家学校做"很相似"的研究,所以梅维斯女士和他共同决定提前进行实验。而且,梅维斯女士还提出了一个很有科学性的理由:从外貌和谈吐上看,斯科特博士对她更有吸引力一些,而杜安博士则像一杯连气泡也没有的白水,显然实验后她爱上杜安博士更有说服力一些。不知道这说法对他们后来的婚姻来说算不算浪漫。

浪荡许久,斯科特博士的情绪平缓了一些,回到维琴研究所,一边沉思那些曾担心致使实验无效的因素,一边观察梅维斯女士实验后的表现。根据墨菲定律，只要事物有出错的可能，结果就一定会出错的。任何实验者都多多少少会因不自信而焦虑，进行梅维斯研究的人更有理由如此。但观察之后，斯科特博士自嘲地总结出一条梅维斯定律：只要事物被改变一点，结果就会全然改观。下此结论时他一定回味着自己对梅维斯女士曾有的那点还没来得及洋溢的魅力。

实验后的一个初秋，杜安博士和梅维斯女士在维琴岛上举行了婚礼。仪式不算张扬，梅维斯女士仍很陶醉。斯科特博士那段时间也忙碌起来，他游历时结识的不少研究者听到婚礼的消息后都向他询问实验和婚礼是否属实，他都尽力绅士地如实回答了，并透露自己是婚礼上被着重鸣谢的人。事实可能的确如此。这样，在写到这事件的资料中，我偶尔也能看见斯科特博士的名字，跟随在梅维斯女士和杜安博士的名字之后。

关于那份感情的培育，杜安博士留下了记录。电极被置于边缘系统下丘脑的局部。梅维斯女士手术后，杜安博士曾长时间守在周围，每隔一段时间就亲身让自己的形象暴露在她眼前，同时亲手激活植入的电极，刺激那些关涉情爱的脑区。一开始梅维斯女士还没适应那种突如其来的感情，呼吸突然粗重起来，显得有些不知所措。或者她会盯着杜安博士，立即想要站起身，欠起臀后又像找不到自己的举动的意义，一瞬间微张两唇愣在那里。这种来自端庄女士的"无辜的失态"不仅没有给杜安博士留下不良的印象,反而让他疼爱有加。条件反射被建立并渐渐强化,梅维斯女士的各个意识层面一定都认可了杜安博士就是那种美好滋味的来源。

依斯科特博士的旁观,起初男女双方对这桩婚事都确信无疑。这次电极植入曾经被岛内外一些信仰真爱的人所诟病,他们称婚配不像点亮电灯那样轻易,还就梅维斯女士的感情能否持久说了一些近乎诅咒的话。他们,甚至包括斯科特博士,那时都显得有些想当然。两年多之后,婚姻双方的关系给了每一个轻率质疑实验效果的人一记耳光。

杜安博士来找斯科特博士,他已经忽略了两人友谊的裂痕,再次寻求坦诚的交谈。

他来请斯科特博士解救一切。他喝下不少斯科特博士的好酒,说自己再也承受不了被浸泡在梅维斯女士的爱情里了。那种感情几乎没有间歇,让你感觉像被一个不需要喘气的人长吻。有时杜安博士会在熟睡中被叫醒,见梅维斯女士亮着两眼,央求他转过身来面对着她睡觉。她只是需要看着他。如果有什么类似的要求没有得到满足,她倒很少会发脾气,多半会略过那一步骤,直接激动地啜泣起来。杜安博士第一次见识这种情景时就觉得很不安,但那时他还有耐心去轻轻抚抱她。后来他开始与她讨论两个人的相处方式,梅维斯女士很善于倾听,但不像从前那样灵敏于理解了。杜安博士时常在自己严肃讲话的同时,仍从她的眼里看见那种柔软和暖热，他便猛地想随手把什么东西摔在地上。两年多过后，杜安博士没能开始什么或大或小的新研究，梅维斯女士还是手术后的她，只是面容和身姿看上去衰老了许多。她持续地享受陪伴在杜安博士身边，每每因此耗尽了精力才能安稳地入睡。

　　对斯科特博士来说，关于梅维斯研究的故事到这里就可以结束了。他嘴角露出隐晦的微笑。那是他最后一次与杜安博士交谈。在尾声斯科特博士提出一个很友善的建议，算是对得起两人此前的友谊了。他愿意冒着风险和争议，去重复梅维斯研究的实验，在杜安博士脑内植入相应的对梅维斯女士的热情。问题的根源在于不对称，如果杜安博士也能建立起对梅维斯女士持久而专注的情感，婚姻和生活的基调就会重回欢快。对于两个愿意每晚面对面盯着对方入睡的人来说，还会有什么可抱怨的呢？

　　建议提出之后，杜安博士的眼风停在了半空中，似乎因为思考而无暇作出任何其他反应，直到他起身沉郁地离开。斯科特博士不在乎给他足够的时间去想象两人无限喜爱对方的情形。但两天之后，梅维斯女士哭着来找斯科特博士。杜安博士在前夜离开了，带走了一些行李。斯科特博士跟随到了两人婚后的居所，那里开着门窗还是有某种不新鲜的味道。如果只看所带东西的数量，杜安博士似乎不会走太远，他只草率地携去一点必需品，就像是要去海边等着看日出。但看着梅维斯女士哭泣的样子，斯科特博士明白杜安博士再也不会回来了。

  作为一个听者,我本不希望故事这么快就结束。上一次从图森岛回来后,我甚至需要一两本枕边读物来打发夜晚的时间。我说不清海水那边的莉迪亚与其他女人究竟有什么不同。一旦意识到自己的生活,那种青涩少年才该有的悔愧就又缠绕上来,试图催我再度登上图森岛,甚至用老套的承诺让莉迪亚重新开心起来,让她清澈的眼里再有神采。而我清楚,那样自己真正害怕的东西就又会逼近。所以我尽力用心地在脑海里整理在资料室读到的和从斯科特博士那里听到的事件的片段,让它们连贯起来并保持鲜活。但在故事尾端,斯科特博士的那个建议隐约给了我某种灵感。他在我眼前再现了他提出建议的神色,我对他的慷慨印象很深。

  只是他自认为后来做了一件可能再次牵扯到杜安博士的小事。由于梅维斯女士不懈地追问杜安博士的下落,他在急躁中从研究所里找到了杜安博士曾收到的那封邀请函,上面写有那所学院的完整名字和大概地址。随即,梅维斯女士就也离开了维琴岛。当然,杜安博士此前选择去处的时候完全可以思路开阔一些。

  想象杜安博士后来生活的种种可能的情形,是我在维琴岛上所剩不多的消遣之一。随着故事的息止,我越来越难保留那种旁观他人处境的洒脱了。莉迪亚的味道仍总在我周围,就像她送给我的围巾。我厌倦了自己的软弱。那种负罪感夹杂着思恋让我应对吃力,难于摆脱。我渐渐想尝试去另一个极端寻找出路。有一次我索性大起胆子，在街上想象走在身边的女人和孩子是莉迪亚和我们的孩子，我与她们并肩行走了二十余步，要看看自己能否承受那种妻儿俱在的感觉。结果我果然觉得胸口闷热，呼吸滞涩，脸色一定使我看似需要一面墙来扶。这种滑稽的现象让我为自己恼火。觉得被自己的情绪捉弄后，我反而认真地省思起来。婚姻真的有那么可怕吗？它是否真会让我一直负担不起？

我意识到关于未来的问题摆放在我眼前太久了，无论如何都是该正视它的时候了。

好些天来，我在资料室里时而踱步，时而发呆，玩味着自己从前和今后的生活。有时觉得脚下轻缓地摇晃，便是因为泛起了往日独自乘船漂游的记忆。我想我在理清头绪之后，将作一个可能改变现状的决定。权衡中我甚至在资料室里吸起烟来。斯科特博士一定早就留意到了我的举止，他没有过来打扰我。他知道如果我需要交谈，在维琴岛上他是唯一人选。而人不说话的时候才能真正思考。终于在一个午后我回复了平和，熄灭烟蒂朝他靠拢，坐在他身边开了口——我决定接受电极植入手术，做维琴研究所的第二个实验对象。

斯科特博士并不否认，通过对脑内生物电的干预，一些固有的不理想的情绪或者感受有可能被消解。在机能已较明朗的范围内，当认知神经即将促发特定的不愉快时，电极可以在对应相反体验的脑区强势放电，做类似知觉引流的工作。从某种意义上说，一切都是位置的问题。

　　手术方案以梅维斯研究为比照，经过我们两人的认真商讨而得到关键的修改。这过程中，出于自身的需要，我对脑功能也有了更详细的了解。消解是一个新的课题。斯科特博士从头到尾都很用心，像在实现一个夙愿。事实证明手术的创伤很小，我很快就有能力自如行动了，但遵照计划，我耐心地在研究所里进行了将近一百天的效果塑成。我的脑活动处于监测之下时，斯科特博士或者我本人来择机调控脑内电极的工作，我拿着那本图森岛的文艺期刊，有准备地去重温莉迪亚清晰的面孔和熟悉的神色。实际上我也善于想象她，回忆我们之间的某些事，这些都帮得上忙。我们要做的就是确立正面的条件反射，以此抑制原来易发的负面情绪。电极的刺激并不痛苦，只像微小的软刷拂过，难以想象它会解除生活中的什么顽疾。

　　我走出研究所时已经是另一个季节了。我去渡口乘上那班去图森岛的船，吹着似曾相识的海风。我尽量不去提前想象莉迪亚，以便稍后更好地确认自己的感受。只是向她移近的过程中，我有些迫不及待。下船后，我经过那家酒馆。图森岛上一切如常。我慢慢走近莉迪亚的住所，走进熟悉的她的气息里，向她窗里望。达到适当的近切，我终于可以停下脚步，拿出那本杂志，展平封面去凝视莉迪亚的样子，以验证实验的效果。事情的确神奇——

即使仍能感到莉迪亚面容的美好,那种悔愧的感觉却真的没有出现,我甚至凶狠地让自己回想那晚最终背离她的情形,仍然没有丝毫负疚感和挽救的愿望,取代悔愧的感觉与此前电极刺激所带来的一样,是一种微妙的欣慰感,虽然指向不明但仍让我觉得舒适。这样,原路返回将变得很轻松。我舒展眉头吁出一口气,看来斯科特博士成功了。而且,实验对我的改变很精准,事前做选择的力气也算没有白花,因为我能感知,我的那种对婚姻和承诺的害怕仍然完好无损,可以随时就位。你知道,毕竟我还没有完善到不需要自我警示和保护的境地。

058431

  砖红色公寓里面的廊道比其外表更暗淡一些,两个人上楼的脚步听起来渐显沉重。女子跟在男子后面完成了攀爬,吁出一口气说:"你们应该尽快修好电梯,经常上下楼对人的关节不好——你不知道吗,你还是医生呢。"

  "但以我个人的力量,修电梯对关节更有害。"两人笑了。楼里难见人迹,死气沉沉。男子说自己的房间到了,便掏出钥匙开门。女子松动着自己的围巾,玩笑着问:"你确定你家里没有一个妻子?"

  男子回应说:"呵呵,我确定我没有结过婚。"同时推开了门,把女子引入了有些邋遢的家居,"嘿,欢迎你,菲……菲奥娜?"被对方失望地确认过之后,他接着说,"菲奥娜,我还没问过你的生活呢——你知道，感情方面。"

菲奥娜很自然地脱掉外衣，坐在沙发上，"我和你差不多，只结过两次婚。"

两人又笑了笑。男子也把外衣脱掉，扬手甩在沙发的一侧。他从冰箱里拿出两罐凉啤酒，递给菲奥娜一罐，自己先喝了起来。

"你开玩笑呢吧，特伦斯，酒吧里你说那酒不够好我才跟你来的。"

"只是热身用的，口渴的时候喝好东西就浪费了。"特伦斯坐在菲奥娜旁边，看了一眼射进窗子的几道阳光。

菲奥娜也看了一眼窗口，又打量着室内。特伦斯的客厅很简单，沙发对面是一个电视，侧面一个疏于打理的憨大的鱼缸里面游着几条很小的鱼。缸沿碴口和玻璃棱角上包着童稚的防割胶条。菲奥娜启开啤酒罐喝了一口，就把它放在玻璃茶几上了。场面沉闷了一小会儿。

特伦斯看着菲奥娜，说："你一定经常去那家酒吧吧？"

"你看见过我吗？"

"没有。看起来你在那里更放松，现在这个陌生的地方让你沉默。"

菲奥娜轻浅地一笑，"我在想你不是真的觉得和我谈得来。男人很少注重交谈本身。我在想象你突然靠过来要亲吻我的尴尬场面。"

"实际上女人才容易轻视谈话的内容呢，她们总是为对话氛围分心。但你不同。我真的喜欢你对世界的态度和你说话的方式。我向你保证过邀请你来与性无关,别让我保证第二次好吗?"特伦斯显得严肃而无可奈何,稍后又问,"但是你想象的那种场面真的很尴尬吗?"

菲奥娜忍不住笑出声来。特伦斯追问:"真的,说一说你的想象——你拒绝了吗?"

"我把你的下嘴唇咬了下来,所以你没办法喝完你的啤酒了。"菲奥娜又喝了一口。

"好吧。"特伦斯似乎真的有点尴尬,停顿了一会儿,"看来给你喝那东西就对了。"

"什么东西?"

"你认为是啤酒的东西。罐口是完好的,但你没注意到底沿有个后封起来的小洞。如果我给你喝了迷幻剂,你又怎么能咬掉我的嘴唇?你会咬掉你自己的。"

特伦斯从容地盯着菲奥娜,鼓励她说:"查看一下啊,你想把它翻过来看看,不用忍着。我不会对女人生气的,她们一般总会变得很驯服。"

菲奥娜向啤酒罐伸出手。特伦斯叫了一声,啤酒罐被她翻转时酒洒出好多,弄湿了他裤子的膝盖处,"你还来真的啊……"

菲奥娜幸灾乐祸地说:"开我玩笑可是要付出代价的。"

特伦斯随手找了件旧衣服去擦茶几和地,又试图把茶几下格的一些口袋和纸张弄干。菲奥娜也许觉得自己有点过分，帮他整理了点东西。

"这是什么？你女朋友的东西？"菲奥娜看见一个文件夹上有一个女人名"柏尼丝·加布丽尔"，很感兴趣地翻开来。

特伦斯立即伸出手想要回文件夹，"工作上的东西而已。"

菲奥娜把文件夹移到远端，显露出几分调皮，"但刚才在酒吧你说你从不在家里想工作上的事，你说那会让你觉得压抑。"

"得了吧，菲奥娜。"特伦斯再次清楚地对她说，"柏尼丝·加布丽尔只是我朋友。我真的没有女朋友，谁会把那么亲密的人的名字写得那么完整呢。你再这么敏感我不得不怀疑是你喜欢我了。"

"呵呵，我只是对男人说的是不是真话有点敏感。"菲奥娜边说边看起了文件夹里的内容。特伦斯做了个手势，表示拿她没办法。

看了几眼，菲奥娜安静下来，继而睁大了眼睛，"左侧肺部占位性病变，心脏……是病历？三期……这上面的意思是——癌症？"

"是的，那东西紧挨着心脏的动脉，而且心脏本身问题也很大，所以现在没人能为她做手术。"

"哦，真糟糕……"菲奥娜继续读着一些东西，"三十二岁？"她从文件夹里抽出一张墨蓝色的造影照片，不需要很强的光线就能看出一条条肋骨，一侧中间部位被水性笔画了一个圈。

"柏尼丝是我多年的好朋友。"特伦斯抢回了病历和照片，俯视着某个角落，不再说话了。

"对不起，我以前以为医生总是有点冷漠的……"

"我是很冷漠，所以我的朋友很少。"

"她本人知道实情吗？"

"还不知道，我不知道该怎么告诉她，只能把病历和片子拿回家多看看。"特伦斯吸足一口气，切换了情绪说，"好了，今天只属于我们俩，不是吗？"他点亮电视屏幕，开始看一张影碟，是一部出名的历险老片，影片进入情节很快，惊险的场面预示着后面将有的精彩或者喧嚣。

菲奥娜问："是你喜欢的片子？"

"某种意义上说是吧。"特伦斯说，"我喜欢这种很吵闹的电影，看这种东西我才能不胡思乱想。有时晚上我就在这个沙发上睡觉，是因为我需要电视里的噪声帮助入眠。"

电影的声音使屋子里的两人显得十分安静。过了一会儿，特伦斯从茶几下格取出一摞影碟，边翻看边说："你不喜欢，我们换一部片子。"

"不不，我们就看这个。"

"当然要换了，否则这个下午在你看来会很可笑。"

"不，别猜测我怎么想，行不行？"

两人居然就此争执了几个回合，后来互相拉扯着几张影碟，像过于礼貌又像都很强硬。这时屏幕里哧地响了一声，电影情节中断了，同时出现了一个很平常的男人，画面失去了胶片感。男人在对着镜头说话。

"嗨，柏尼丝，生日快乐。谁在为你庆祝生日呢？抱歉打扰了你们看刚才的电影，我只是想让你今天见到我。你的生日是我的重要日子——实际上跟你在一起的每一天我都会非常珍惜。"男人垂了一下眼睑，继续对着镜头说，"你知道，对我来说心里的东西总是比表达出来的多许多……虽然我暂时不能回国，但我还是决定在今天对你说想说的话。希望你能把它当作生日礼物，但一切都取决于你——柏尼丝，你愿意嫁给我吗？不用急着做决定，一有机会我就回国当面听你的回答，也许那时我才会做好准备。"

画面回到那部影片的故事之后，菲奥娜才转过头来看着特伦斯："哇噢——"

"是我朋友西恩。我弄错了影碟，这事跟我们没关系。"特伦斯重新翻看自己的影碟，两人不再争抢，他也像随意浏览手上的东西一样，似乎有点心不在焉。

"他很可爱。他看起来那么真诚，又很羞涩，就像是为了说这段话失眠了一周似的。"

"西恩就是那个样子，只有他才会用那种语调。"特伦斯说，"他、柏尼丝还有我，小时候就是玩伴，直到现在，你知道，我们的小圈子并没有扩大，当然也没有涣散。柏尼丝有机会变得更开朗，但她对西恩太在意了，呵呵。"特伦斯起身来到鱼缸前，看里面的几条接吻鱼。

"那这段录像怎么在你这儿？你收藏西恩的影像干什么，你喜欢他？"

"是啊，我是同性恋，我用巫术让情敌得了绝症。"特伦斯懒懒地说。他捏起一点鱼食，嘴里"贝丽、贝丽"地叫着某条鱼，同时把鱼食扔了进去。

"呵呵，说真的，他的求婚录像怎么在你手里？"菲奥娜甩掉鞋，在沙发上环抱着膝盖。

"很简单啊，西恩提早传来了他的视频，让我把它插进电影里，再在柏尼丝生日时放给她看。他想给她一个惊喜而已，只是他向来不善于亲手操作这些东西。西恩总担心自己不够浪漫，实际上他的想法却不少。"

菲奥娜很感兴趣，"柏尼丝的生日是哪天？"

"下周六，没多久了。"

"哦……"菲奥娜想到了什么，"但柏尼丝有病在身，西恩知道吗？"

"当然了。要不然你认为为什么他要选在现在对她说，我们三个认识快一辈子了。"特伦斯从鱼缸处踱步到窗口，双手撑在窗台上向外看，实际上与刚才看接吻鱼时的姿势差不多。他似乎在对着窗外说，"他说想尽量让她在接下来的日子里多一些快乐。"

"原来柏尼丝也有她自己的幸运。"

"但愿是这样。"

"怎么，你又开始难受了吗？你把脸转过来好吗？"

"没有。"特伦斯回身坐在沙发侧面的一把椅子上，"我不会为没法扭转的事难受太多。连她叔叔的身家都救不了她。"

"她叔叔？"

"是啊，柏尼丝的爸爸早就不在了，她妈妈也离开了这里，跟她很疏远。两个月前她叔叔去世前才联系上她，她刚刚又有一个家人，可惜再多的财富也帮不上忙了。"

"多大的财富？居然能让你这么遗憾。"

"呵呵，她叔叔是个地道的商人。你没听说过塔尼巴岛吧，但十年之内你就会见证这个岛的声名鹊起。现在柏尼丝的叔叔几乎把整个岛屿都赠给了她。直到现在柏尼丝还筹划着带上西恩和我去塔尼巴岛玩呢——她想到岛上再突然告诉西恩那是她自己的地盘。"特伦斯苦笑了一下。

"我对所有的岛屿一无所知。也许你们该去，一定很美吧。"

"我不知道，只是听西恩说塔尼巴将来的价值也许抵得上两个复活节岛，想想看。"

"哦……"菲奥娜皱了皱眉，"这么说西恩知道岛这件事？柏尼丝不是在瞒着他吗？"

特伦斯说："是啊，柏尼丝还没告诉他，但我说了。"

"你们男人总是毁掉女人准备好的惊喜。"

"你不了解。塔尼巴岛作为遗产归属柏尼丝后不久，西恩回过一次国，我们三个团聚了几天。他的假期结束的前一天，柏尼丝说了想去那岛上。西恩毫无兴趣，而且认为柏尼丝过于坚持了，他们俩吵了几句。"特伦斯自己的啤酒喝光了，就拿过菲奥娜的半罐喝了两口，"他走时我自己送他去机场，就忍不住把塔尼巴岛的事和柏尼丝的病都告诉了他。"

"他很惊讶吧？"

"他很惊讶。当然了。他说以他在地理方面的职业知识，塔尼巴岛绝对是个宝藏，开发价值至少相当于复活节岛的双倍。"

"什么？"

"他说只是打个比方，他有点激动，可能一时没有想到更恰当的说法。"

"见鬼，他没说别的？"

"说过这话之后他沉默了很长时间。怎么了？"

"那他是什么时候开始关心柏尼丝的病的？"菲奥娜声音很高。

"你激动什么？"特伦斯看着菲奥娜的表情，"他没有置若罔闻。几天之后他在那边特意到山区外给我打了电话，说已经决定向柏尼丝求婚了，还说是时候给她幸福了。"

"照你所说的——天哪，西恩是为了柏尼丝的财富？是为了占有一个快要去世的女人的财富！"

特伦斯睁大了眼睛，说："你怎么会这么肯定？也许你把人想得太坏了，后来西恩一直没有再提塔尼巴岛的事。"

"当然了，如果他心机再重一些，这种事就一次也不会对你说！"菲奥娜似乎迁怒于特伦斯。她拿过柏尼丝的病历，快速翻到某一页，停下来，又从自己的包里拿出一个不大的记事本，取下别在本子封底的笔，用力地抄记着什么。

"你在干什么？"特伦斯问，没有得到回答，但他很快阻止道，"别管它好不好，我已经够混乱的了。你联系到柏尼丝，告诉她真相，她就会开心了吗？"

"起码不会让她以后像个傻瓜一样死去！"

"西恩毕竟是我的好朋友，而你只是我刚刚遇到的陌生人！"

"你只管做他的朋友，我来让事情完全脱出你们控制的轨道，怎么样！"两人言辞激烈，菲奥娜挥手时把空啤酒罐扫到了地上，地板被响亮地敲了几下。

特伦斯凝固了身姿，表示惊讶。

两人沉默了好一会儿，菲奥娜说："对不起，吓到你了吧。不关你的事，是我对感情上的欺骗比较在意。"

气氛尚未扭转，特伦斯接到一个电话。他把听筒紧紧压在耳廓上，"我正在做这事，对，今天正在做这事呢，我知道该怎么做，你等着就行了，好吧？"挂上电话，他看了菲奥娜一眼。

菲奥娜问："是关于柏尼丝的病的吧？"

"不……呃，某种程度上也算是吧。医院有一个外出调研的任务，我揽了下来，才好在家专心为柏尼丝查阅一些资料。我好久没交报告,老板已经让同事催过我一次了,妈的。"他看似不大在乎地笑着摇摇头。

"那,到时你怎么交差?"

"没多大问题,我有我自己的办法。"特伦斯向椅背靠过去。

菲奥娜的神色缓和下来:"没看出来,你才是个不错的男人。"

特伦斯笑笑。菲奥娜又问:"但你怎么没有女人?一个不算老的医生,应该很抢手才对。"

"我没说我没有女人啊,我只是说我没有固定的女朋友。也许你眼里我所谓的优势只能让女人喜欢我两周吧。"

"有些机会肯定是你自己毁掉的。这点你开脱不掉。"

"嗯,人们无时无刻不在毁掉自己的机会,不用遗憾。我确实遇到过几个有活力又体面的女人,但我也有很好的理由结束交往。"

"比如最近一次呢,理由是什么?"

"哦……我不喜欢她的化妆,真的不喜欢。"

菲奥娜笑了起来。停下来后她狡黠地说:"介意我了解一下你的私生活吗?"

"好吧。"特伦斯想了想说,"从哪里说起呢?像很多人一样,我回忆里充满青春期的气息,但我的那段日子实际上相当沉闷……"

"我的意思是通过更生动的方法……"菲奥娜站起来,走到座机旁按了一下键,"进门时我发现你看了一眼电话,但没有播放留言,呵呵。"

特伦斯半张着嘴,与菲奥娜一起听着录音。

"您好,这里是沃尔森家居公司,你是否还在使用旧式滤水器?现在是时候尝试我们的新型滤水系统了……"是一个语气蹩脚的沙哑声音。

特伦斯笑了:"哇,电话推销,够浪漫的吧。"

第二条留言是一个女声,进入留言程序了还在问特伦斯在不在,称自己是柏尼丝,让他拿起话筒。菲奥娜看了看特伦斯,后者冷下脸来,摊开手臂。

接下来的一条仍然是那个女声:"见鬼,特伦斯,你去哪儿了?我只想问问我的病历上是怎么写的——我总不能连说都说不清楚吧?左肺占位性病变,心脏的什么夹层受损来着?"

"是柏尼丝?"菲奥娜说,"她知道自己的病?"

"是。"特伦斯又走到鱼缸那里,"毕竟隐瞒不是最积极的办法。"

"等一等——刚才你说过,她本人还不知道实情,你也没想告诉她。"

"我刚才这么说过?"特伦斯背对着菲奥娜的头转了一下,但菲奥娜仍然只能看到一少半脸面。

"你说过,在我刚发现病历不久时。"

过了一会儿,特伦斯说:"那也许是我把什么记错了。我太累了,似乎在医学院那几年都没读过这么多资料……"

"哈哈——"菲奥娜突然笑了,"记错了?这就是一个医生的解释?那为什么柏尼丝在电话里语气那么轻松愉快,一点也不像知道自己得了致命的病?照刚才的逻辑,你是不是会说她受了打击,精神错乱了?"

特伦斯转过身,带着肢体动作说:"错乱?当然还没那么严重,但是……"

菲奥娜笑得更厉害了,但眼睛却没有放过特伦斯。特伦斯垂下肩,做出了放弃努力的表情,"好吧,什么都瞒不过你。柏尼丝知道病历上的内容。事实是那次她来我们医院做身体检查,是在西恩上次离开不久,也就是他们之间还闹着别扭时。在我的科室的这个项目上,她让我帮忙把检查结果弄得可怕一些,要看看西恩到底会作何反应。后来我给西恩写信,按柏尼丝的意思描述了那病。当然可能我以医生的姿态,让西恩一点相信了柏尼丝病情的进展与他有关。"

"医生的姿态……那么,西恩不是在你送他走时听说柏尼丝虚拟出的病的?"

"嗯,不是,那时还没有这份病历。而且当时我也没有去送他,看柏尼丝那种情绪状态,我怎么能让她独处?"

"这么说很显然,那天你也没有告诉西恩那个什么岛的事。"

西恩轻轻点头，"对你坦白吧，西恩到现在也不知道塔尼巴岛的事。那岛的情况是我无意中在一本没名气的杂志里看到的。我对你那么说有一点臆想色彩，抱歉，我还是把你看作陌生人——后来想起我们几个之间的事，我真的很想让西恩当面听到那两个消息。他会怎么面对柏尼丝的病和财富呢？我和柏尼丝一样想看看他听说后的样子。至少，他需要重新考虑身边的女人。自从有了艾玛之后，西恩甚至很少对柏尼丝笑。"

"艾玛是什么角色？"

"是我们医院的医生，我的同事，比西恩大四岁。西恩像个十几岁的小男孩一样，着了魔。他一回国，就会有至少一半时间和她缠在一起。两个人是通过我认识的，所以有一段时间，柏尼丝有点生我的气。"

"遇到艾玛之前，西恩对柏尼丝很热情？"

"西恩不太说笑，但柏尼丝能感觉到前后的差异，起初西恩在柏尼丝身边时脸上带着满足感，后来则是一副随时要离开的样子。"

"哦，我大概明白了。"菲奥娜释放出一丝轻蔑："按照你说过的，西恩、柏尼丝，还有你，是从小到大的好朋友。但他们两人的关系是什么时候变成男人与女人了呢？"

"你难倒我了，我甚至从不同的角度分别问过他们这个问题。柏尼丝说那时间甚至比她懂得男女之间的事还早，而西恩坚称直到现在他对她和对我都是一样的,只是柏尼丝越来越不可理喻了。"特伦斯想了想说,"我想误会起源于西恩刚刚接手这份经常出国的工作时,柏尼丝很担心他,要他到她所在的学校应聘,那次好像是两个人第一次很凶地吵架。可能柏尼丝太伤心了,把西恩锁在一个屋子里,影响了他外出的行程。但西恩说柏尼丝不可理喻是在后来一次柏尼丝径自去我们医院找艾玛之后。"

"那现在问题就出现了——柏尼丝凭什么认为西恩是属于她的,还要对她笑呢?"

"不,贝……柏尼丝不是你想象的那样。"

"哦,也许她没有那么认为,她诈病骗他,恰恰说明对方不属于她。听起来西恩已经承受了足够多的来自她的困扰,现在柏尼丝所做的是终结别人的美好关系,利用西恩的同情心把他引过来套上绳索,然后再慢慢勒紧……"菲奥娜仿佛不由自主地又加快了语速。

"你看,他们都是我的朋友,我知道他们是如何成长、如何有了各自的需求。柏尼丝有时也控制不了自己,但她只是太在乎西恩了。我们作为旁观者,不要对他们的人格定性过深好不好……"

菲奥娜眼神空凝地说:"我的第一任丈夫就是个占有欲和嫉妒心很强的家伙,我意识到这个问题的时候就觉得喘不上气来,谁知道那只是个开始。他之前所描绘的愉快生活纯粹是谎言,我想他也知道以他自己的状态注定不会幸福。他发作时才告诉我,他已经把前几任妻子都逼得忍无可忍，她们都脱身了，所以他绝不会放走我。妈的，他只是把我当作受他苦的人选。到后来，我在家里没有笑容，他也认为是对他的反抗。"

"他打你？"特伦斯看着菲奥娜眼角和手臂隐约可见的疤痕。

"你所说的那种'在乎'，在我的那次婚姻里转眼就变成了变态的肉体伤害。"

观察了菲奥娜的神色，特伦斯轻声说："对不起，让你回想起太多东西了。"

菲奥娜摇摇头，没说什么。

"所以，单身似乎没什么坏处。"特伦斯吸了一口气说，"多面对一个人，也许就意味着多面对一份深不可测的阴暗。而我的贝丽就显得无害而诚实。"他回头瞧他鱼缸里的鱼。稍后，他坐回沙发，挨着菲奥娜。他给了她一段时间沉浸在她自己的思想里，过了很久才说："我不信任男女之间长久稳固的关系，或者说我早就放弃了那种追求。看起来你和我相同。"说着，他侧过身亲吻了菲奥娜。菲奥娜像蜡像一样没有动弹，但她的嘴唇是柔软的。

特伦斯坐回位置，很快却又更大幅度地把上身向菲奥娜倾斜过去。

"你说过带我来不是想上床。"他们的鼻尖快要碰上时，菲奥娜面无表情地说。

这次特伦斯浅浅地亲了菲奥娜两下，便收回了动作，"进到屋子里之后我喜欢上你了,尤其是你愤怒的样子——不管你怎么想,让我很动心。至于在酒吧里时,我确实对你的身体没兴趣。"

菲奥娜接替他说:"而且,现在你找到了满足你一次性需求的理由,你突然觉得你可以很方便地把我们之间定义为临时的肉体关系,结束后继续做你的单身汉。"

"对了。"特伦斯毫不犹豫地回答,"你这么聪明,就不用我再讲给你听了。但我只是提出这个建议而已,如果你骂我几句转身就走,我也有信心让身体忍耐这个尴尬的下午。"他想把双手搭在身后的沙发顶部,碰掉了上面摆着的什么东西。

是一个不大的相框。他一边用手掌擦拭着相框的玻璃面,一边等着菲奥娜有所回应。

菲奥娜却夺过了相框,相片上是特伦斯与一个短发女子走在路上。

"那可不是什么女朋友,是柏尼丝。"刚刚还语调洒脱的特伦斯这时解释道。

"噢。"菲奥娜注视着相片,上面的柏尼丝离镜头近一些,特伦斯在她后面几步远,但两人的画面位置就像挨在一起,只是大小比例稍显失调。

一阵风从窗子吹进来,阳光似乎也随之摆动起来。卧室里有一些书本,被吹得哗哗作响。特伦斯到窗口,关严了窗子,又进卧室做了同样的事。卧室的陈设比客厅更加简单,特伦斯在里面停歇了一会儿，菲奥娜也慢慢走了进来。她坐在那张与屋子相比过于宽绰的大床上，然后拿起床头的另一个圆形相框，上面只有柏尼丝的笑脸，她的牙齿很漂亮，唇边很湿润。菲奥娜把圆相框托在眼前，仔细地观察着什么。

"你喜欢柏尼丝。"菲奥娜像是在通知特伦斯。

"不。我关心她。"

"你在床头放她的照片。你的鱼叫什么来着，贝丽？听起来像是柏尼丝的昵称，或许只有你一个人享有吧。用你的话说，谁会把臆想女友的名字叫得那么完整呢。"

"我可没有那么说过。"特伦斯笑了，又说，"也许我的交往圈子太小了，可她属于西恩。"

"我可以想象那种感觉。有一个想象中的女友让你的日子还能过下去，但有时也让你很绝望，是吧。你撕坏过这张照片，后来又小心地粘好了。"菲奥娜把圆相框递到特伦斯眼前。

特伦斯接过去没有看，扔在了床上，神情黯淡下来。"不是我撕的。是柏尼丝。"

菲奥娜皱起眉头。特伦斯看上去有点烦躁："你一定要证明我是个彻头彻尾的失败者吗？好吧——那天柏尼丝来了，又是谈西恩，她哭得靠在我肩上。我以为她睡着了，就忍不住来了卧室。她走进来的时候看见我盯着她的照片……在对自己搞那种勾当。有趣吧？"

特伦斯回到客厅,"后来我们和好了,但她再也没来过这儿。"

"想必那是你们俩最真实的一次交往。"菲奥娜坐回沙发。特伦斯带着自嘲的微笑,两人一副各自寻思的样子。

菲奥娜看着墙上的挂钟,一会儿后,掏出电话按下一串键子,静静地听着听筒,但直到拿电话的手垂下也没什么对话发生。特伦斯重新开腔:"好像我整个生活都被你了解了,轮到你说说你自己了——你们现在过得怎么样?你和你现在的丈夫。"

"我们?目前还好,"菲奥娜说,"至少没有吵架,没有争执。"

特伦斯观察着菲奥娜的表情,谨慎地说:"你们分居了?"

"你挺聪明,但不完全对。准确地说,是我联系不上他了。"

"比我猜的好一点。"特伦斯有点阴阳怪气,"多长时间了?"

"两年吧。婚后一段时间,他说欠下别人一笔债,被追讨得厉害,要去西亚待上一阵子,试着赚些钱再回来。"

"然后就消失了?"

"别弄出这种语气,好不好!"菲奥娜突然吼了起来,"即使你猜对了,也不会让你看起来更风光!"

特伦斯上身后移,一脸无辜地躲避着菲奥娜气息的锋芒。

菲奥娜喘了几口气,平和下来说:"开始时他联系过我,说一切都安顿得不错。过了一段时间他又打电话过来,声音很沮丧,说情况比他想象的糟糕,又和我商量,想把我们的房子卖掉还债。"

"你没听他的,然后他就……"

"妈的,那是我家的祖业。他只叫它房子,你会随口这么叫电影里的庄园吗?他希望我卖了房子,尽快把钱汇到一个账户里。我要他回来当面商量。那就是我们最后的对话了。"菲奥娜整理了前额的头发,"但我每到我们从前习惯聊天的时间,就会打电话给他。任何存在过的电话号码,都有可能被打通,不是吗?也许他真是遇到了麻烦呢。"

"是啊,现在还没理由排除任何可能性。"特伦斯侧后方的窗外光线暗淡,天已经开始黑了,"他是什么样的人,你了解他吗?"

"他很好。他很有活力,有时仿佛比我年轻十岁,有时又那么冷静、那么老于世故。是他把我从那个变态的家伙那里解救出来的,又对我承诺了那么多……"菲奥娜闭上了眼睛,头靠在沙发靠背上,显得有些疲惫。

特伦斯收回眼风,去开了两盏壁灯,然后走向冰箱:"不好意思,到现在也没请你喝点像样的东西。马提尼或者伏特加,你喜欢什么?"

"伏特加吧。"菲奥娜眯着眼说。

"那好。也许等会儿我可以更容易地把你弄上床。"两人又像刚进门时那样一起笑了。特伦斯取出一瓶酒和两个杯子,边倒酒边说:"想听点什么音乐吗?音乐的碟片在窗子边的木架上。可能你不会喜欢我常听的那些东西,但里面还能找到一点莱纳德·科恩的曲子……"

菲奥娜懒散地取来那摞碟片，把目光扫过的一张张扔在一边。只有一张让她的两眼明亮起来，碟片上手写着："西恩给艾玛"。很明显这是一张混在音乐碟片里的刻录影碟。菲奥娜确认了上面写的字，又看了看特伦斯摆弄杯瓶的背影，便把影碟放进了刚才用过的影碟机里。

特伦斯端着两杯酒回到菲奥娜身边时，画面刚刚出现。面对西恩的面孔和声音，特伦斯没有安置手里的酒杯。

"嗨，艾玛，生日快乐。谁在为你庆祝生日呢？抱歉打扰了你们看刚才的电影，我只是想让你今天见到我。你的生日是我的重要日子——实际上跟你在一起的每一天我都会非常珍惜。你知道，对我来说心里的东西总是比表达出来的多许多……虽然我暂时不能回国，但我还是决定在今天对你说想说的话。希望你能把它当作生日礼物，但一切都取决于你——艾玛，你愿意嫁给我吗？不用急着做决定，一有机会我就回国当面听你的回答，也许那时我才会做好准备。"

画面消失，屏幕空白下来。西恩刚刚的姿态和表情无疑触动了菲奥娜的记忆。

"这到底是什么？"菲奥娜严肃地盯着特伦斯。

"我只是……让你放点音乐。"特伦斯把酒放在茶几上，"你从哪儿找到的这东西？"

"是完全相同的，西恩的样子、语气甚至停顿，都和刚才那次求婚一模一样，只是'柏尼丝'变成了'艾玛'，你别告诉我他准备向两个人说这番话。"

"别再猜他们的事了，你只是好奇而已，事实其实很无聊的。"

"我不只是好奇，你应该多了解我一点！"菲奥娜说，"这个才是本来的视频，对吧？"

"好好，随便你想知道什么吧。"特伦斯看起来也多了几分尊严，他把一边的小腿搭在另一条腿上，"你说得对，很显然是这样。"

"……所以是你改换了两处声音，把女主角变成了柏尼丝。"

特伦斯有些戏谑，"怎么，你觉得柏尼丝配不上被求婚吗？"

菲奥娜边想边说："原来躲在背后的人是你，对吗？你到底想得到什么？"

"为什么你们这些人总会先想到我在背后想要什么？为什么没人想一想我应该得到什么？"特伦斯的语气瞬间变得强硬，"二十年的相处中我得到过真正的在意吗？既然受眷顾的人是西恩，那他早该向柏尼丝求婚了。我本来可以不用煎熬这么久的……"

"荒唐！想得到什么需要自己去赢得。即使你这样骗了柏尼丝又能怎么样呢？等西恩和艾玛……"菲奥娜似乎边说边醒悟到什么，"天哪，你就是想打击柏尼丝，是不是？"

特伦斯夸张地一下下拍手，"猜得好，这次最接近真相了，虽然还是简单了点，但不怪你，毕竟你不了解我的朋友。"他这时端起一杯酒，喝下不小的一口，"你知道吗，西恩让我把他的求婚视频合成到电影里，想让艾玛在下个月生日时看到，但柏尼丝的生日偏偏就在下周六。"

菲奥娜不做应和，任他继续说下去。

"这样的机会我会放过吗？我不会。我会让柏尼丝先觉得自己被西恩求婚，这将会彻底改变她的生活，她会亢奋到虚弱，会被冲昏头脑，会想象他们未来的每一天，但这只是我要给她的惊喜的一半——当她承受不起逆转的时候，我就会向她道歉说我不仅告诉了西恩她的病，还透露了她在塔尼巴岛的财富。我会让她相信对求婚起促进作用的只是后者——就像刚才我让你相信时一样，甚至会更容易。柏尼丝这样对待感情的人也会彻底地改变原有的态度，她只是需要我给她一个契机。即使计划进展得不快，这一步也会在西恩下次回国又和艾玛混在一起时完成——我可以让那两个人像偷情一样被柏尼丝目睹，而柏尼丝会对西恩绝望。"

"那你之后的角色呢，你认为一个绝望的女人会轻易被你得到吗？"

"有些女人不会，但怎么说呢，我太了解柏尼丝了，她对西恩的报复将会是把自己尽快嫁给另一个人，只有我才能让她充分享受这种报复。对了，你知道小时候一次柏尼丝要亲西恩时发生了什么吗——那次我们和另外两个伙伴在玩亲吻游戏，题目是什么来着，总之输家要去亲吻赢家，柏尼丝输给了西恩，但当她慢慢凑过去要亲他时,他走开了——西恩毫不留情地走开了,后来柏尼丝当众深深地亲了我,舌头快要伸进我喉咙了。"特伦斯挑了挑一侧的嘴角。

"我确定你是个浑蛋,只是不知道该算是极度自以为是的那种,还是自卑透顶的那种。"

"无论如何,我和柏尼丝的婚姻会拉开序幕。"特伦斯显得有点沉迷于叙述,"会不会幸福?我不会为那种事提前担忧,我会充分享受这一年半的时间。哦,也许还会去塔尼巴岛待上一段时间。"

"我知道你这种人不会忘记塔尼巴岛,你对它一直无比关心。"

"别太小看我了,塔尼巴岛首先是让柏尼丝离开西恩的有利条件之一,并且由我顺理成章地接纳。即使没有这岛,我也会和柏尼丝在一起,不管剩下的时间多短暂。"

"多短暂,一年半?怎么你会这么说?"

"是柏尼丝剩下的日子,有那样的病情,她很难活过二十个月。"

"什么,可是你说过那病是柏尼丝用来骗西恩的。"

"是啊,柏尼丝让我编一个病名骗西恩,可是她真的做了检查,结果我不需要编造了。"特伦斯表情诡异。

菲奥娜吸进一口冷气:"柏尼丝以为病是假的,实际上却是真的。你是说受骗的是她自己?"

"没错,所以她不会太过怀疑我跟她结婚的动机。你知道,人一旦知道自己时日不多,总倾向于认为所有人都在图谋他们的钱财。关于柏尼丝对我的信任,我也不会期望太高。"

菲奥娜冷笑,"你很脆弱,虽然做事足够卑劣,但没有你表现出来的这么大胆。"

特伦斯半低着头望向菲奥娜,同时抿紧嘴唇,翕动着鼻翼。

"照你所说,不用太久柏尼丝就会发病,难道她不会反思这一切?在病床上的人反而可能异常清醒,或者她又会想跟西恩聊一聊。"

"那又怎么样?"特伦斯突然挥动手臂,"她应该反思一下她自己,她脑子里只有西恩,必然会作出错误的决定。你知道吗,上个月我还有机会成为医院的合伙人,对一个无处施展、只能住这种公寓的男人那是多宝贵的机会,只要她放弃那个该死的岛上的一丁点财富就可以帮我办到,但是她丝毫没有为我着想,我们二十几年的情分算什么?"

"原来是因为这……"菲奥娜像在自言自语。

"为了确定我对她的感情到底是什么样的,我折磨了自己好久。"特伦斯眼神虚无,但里面没有泪光,"这难为了我这个一会儿是知己、一会儿是'怕疼的娘娘腔'的人。我把她的照片撕掉,又粘好……"

"我早该想到那张照片不是柏尼丝自己撕的,人可能把自己的照片撕得粉碎,但不大可能只把它撕成两半。心里有仇恨的人才会那么做。"

"你别假装知道什么是仇恨,你想想,柏尼丝死之前,留在她身边的还不是我吗?而且我才能最大程度上减轻她的痛苦,甚至可能会让以后的这种病人延续生命。"

"你说过没人能治好她,难道也是骗人?你想任由她就这么死去?"

"我没说谎,她这种情况没人能处理好。你眼里的医生都很自信,其实这个圈子里胆小鬼太多了,有些东西从来就没被尝试过。这点我跟艾玛谈论过,我们自认为很优秀,也有雄心,但我们被愚蠢的力量束缚着。比如柏尼丝这种状况,其实很典型,我和艾玛都很接近成功,我们很可能一举成名,只是至今都得不到解剖实验的资源……"

菲奥娜腾地从沙发上站了起来,后退了两步,"你和……艾玛,想要解剖资源?你们做这一切,就是想把柏尼丝的尸体弄到手是吗?艾玛帮你拆散柏尼丝和西恩,你作为丈夫,将得到柏尼丝遗体的处置权……"

"你不能体会,在医学界,我做的事一旦成功就能被写进历史。但这么说不全面——对艾玛来说,西恩那个家伙确实很有吸引力;对我呢,塔尼巴岛也是一份可爱的礼物。"特伦斯又露出笑容,不用正视,他也知道菲奥娜现在的样子和姿态,"现在你在想什么?还认为我只是卑劣不够大胆?还是在想着伸张正义把我的丑恶揭露出去?"

夜逐渐向室内施加压力，灯光在吃力地支撑着。菲奥娜站在那里，持久地望着特伦斯，只有几次眨眼与呼吸相应和。

"走啊，走吧。"特伦斯从容地喝着伏特加，不看旁边的菲奥娜，咽下酒后只顾去舔留在嘴唇上的液体，好像在舔什么油脂。

"你知道我会怎样吗？"菲奥娜笑了，"我会作为旁观者，见证这件事的结局，否则就相当于在挽救你。柏尼丝就快离世了，她已经没有什么可以失去的了。相反，你这个骗子却不得不看着她死去，你余下的生命里都会有她的阴影，挥之不去。想一想你会对她做什么吧，你早晚会疯掉的。只有这种结果才配做对你的惩罚。我说的话一定会得到验证。"她说着，抓起了自己的小包，取出那个记事本，翻找到她抄记过柏尼丝联系方式的那一页。她把它撕了下来，让它慢慢飘落在特伦斯眼前。

"自己享受情节的进展吧。"菲奥娜挎好小包，朝房门迈出不屑的步子。

"祝你能打开门。"特伦斯低声说，却让菲奥娜停下了脚步。听到身后特伦斯起身的声音，菲奥娜决定快速扑到门口，奋力一试。但她还没摸到门把手，就被勒住了脖子。特伦斯的一条胳膊让她呼吸困难，她刚刚努力发出一点叫声，喉咙就被蛮横地遏制住了。在一面镜子里，菲奥娜注意到特伦斯的另一只手握着一把匕首，架在她下巴下面。她看起来在努力接受自己的处境。

"挺好的尝试。虽然你害怕得有点晚了，但你想了办法救自己。"特伦斯控制着菲奥娜返回客厅,说话带着粗重的呼吸,"你领悟能力很强啊,猜到了不少东西,我都忍不住要把整个故事讲给你了。但你坚持要把事情告诉柏尼丝,就不是个好听众了。我就是喜欢骗女人又怎么样,那是我生活的兴趣所在。"

"我没有坚持要告诉她,我把她的电话号码撕了下来,你没看见吗,浑蛋!"菲奥娜一边极力远离匕首一边说。

"是吗——把左手伸出来!"特伦斯喝令道。

菲奥娜没有动作,但显露出了绝望。特伦斯腾出一只手,把菲奥娜的左手抓了起来,上面果然写着一个不完整的电话号码。

"那不是柏尼丝的号码,你仔细看看。"菲奥娜说。但没等特伦斯看清楚,菲奥娜就趁机推开他,自己摔到了沙发旁。特伦斯撞到了一个老旧的木柜子。

"嗷!"特伦斯没有第一时间扑过来,只是看着他的手臂。好像匕首尖划到了自己,他小臂上被划出了一条白道,匕首掉在地上。他边察看着胳膊边有点孩子气地抱怨:"你差点弄伤我!"

刀刃落地时弯了一下,发出橡胶磕碰地板的声音。菲奥娜刚刚产生一点讶异,就被高处的什么吸引了注意。

这时木柜子上的一个硬纸盒子晃了两晃掉落下来,砸到特伦斯肩上,又跌落在地,撒出许多东西。特伦斯摔倒了,脚踝被什么锐利的物件划伤,鲜血从伤口里渗了出来,很快染红了袜子和裤腿,看样子伤口很长。

"妈的，真该死！"特伦斯很惊恐，下肢抽搐起来，"我有血小板无力症，不能这样流血！快帮我从卧室里拿凝血药，在床头的抽屉里。"

菲奥娜看看特伦斯的狼狈样子，凝视了一会儿他周围的混乱。

"这……这对你来说只不过是一场游戏，回头我再跟你解释。快帮帮我！"特伦斯碰过伤口的手撑在盒子里掉出的纸张上，立即在上面留下了血痕。

从血痕处收回视线，菲奥娜转身朝向卧室，迈出步子。两三步之后她迟缓下来，回过身对正朝沙发痛苦地移动的特伦斯说："哦，你想拿到你的外衣？重要的东西你会随身带着，让我去卧室取药难道只是不想让我看到你这么吃力的样子？你还挺绅士。"

特伦斯停止了徒然的努力。他的外衣躺在地上，与他还有几步距离。是菲奥娜刚才挣脱时扑倒过去，把它从沙发上弄掉的。

菲奥娜俯身摸了那件外衣的几个衣兜，从里怀取出一个药瓶。"是这个吗？"她把瓶里的药晃得哗哗作响。

"是的，就是它。刚才我只是怕你火气太大……"特伦斯伸出手。菲奥娜却再次在沙发上坐了下去，"'患者流血后应避免动作，立即服用本品'。你很需要它，对吗，否则你的血会流干？而且你动作越大，血就流得越快。看样子你已经有点眩晕了啊。"

特伦斯坐在那里无奈地说："好吧，对不起，我道歉。我告诉你真正的真相——这个屋子是经过设计的，我们在搞一项研究，要测试受试者对感情欺骗的反应,我的这一组要弄清的是人会怎么对待他人之间的感情欺骗。你就是我选的受试者。"

"我的天,你是说那个狗屁故事是你编的?"菲奥娜响亮地笑出一声,瞪大了眼睛。

"不全是我,是学院的课题小组虚构的。我的任务就是找到一个容易搭话的人,最好是女人,把她带到这里来,推进交谈。然后课题小组会根据录像资料为你的介入倾向打分。很多受试者事后还会跟我们合影……"特伦斯指了指内侧墙角的一个小装置,示意那就是摄像头。他似乎真的想把事情尽快说清楚。

菲奥娜走到摄像头旁,看了一下,然后走进卧室,不久取出了一个长方体,"录像就存在这里是吧?"

"没错。先把药给我好吗?"

"我倒很好奇,我的表现会被给多少分?"

"结果是由集体评估的,但我个人很肯定,你的介入倾向配得上……满分。"特伦斯用手捏紧伤口,血还是在地上聚成一摊。

"故事是因为我才讲得下去的,假如我不善于观察,没发现所有的线索怎么办?"

"你很聪明,但那些不是所有的线索。我们准备了很多,有些东西你也忽略了,我还有点失望呢。比如我床头的日记,还有衣柜里的女式内衣……都能引出很多内容。即使你不关心细节,我们也有备用的谈话方案。"

"哇——你嘴里的故事变来变去，我怎么知道这次是真的？在我拿到你的药之前你说的全是他妈的谎话对吗？"

"我真的有血小板无力症……我保证这个是最终版本了！"

"哈哈，我想知道你这样流血能坚持多长时间？"菲奥娜把玩着她手里的药。

"我不知道，这次伤口有点糟糕……"

"你再耐心一点好吗？之前你愿意为我下那么多功夫呢。"菲奥娜走到特伦斯腿边的凌乱之处，居高临下做揣测状，"那么，在我没发现的线索里，包不包括这个？"她从特伦斯的膝盖下面猛地抽出一个本子，其封皮上手指刚留下的血印难以遮掩一个赫然醒目的黑体编号——"058431"，下面稍小的字是"菲奥娜·库珀"。

特伦斯狠狠骂了自己一声，坐在血水旁默默地喘气。

"058431……你那么细心，怎么让它掉了出来？弄得自己只能用手和腿遮着。可谁都会一眼认出自己的这种编号。你是市立精神卫生中心的医生，除非我的住院记录是你偷的。还有那个——"菲奥娜指了指沙发角落的一支喷雾管剂。两人刚进门时特伦斯把外衣扔过去盖住了它，可刚才它露出了形迹，"你们独立研制的镇静剂。你是怕面对我控制不住局面，用来防备万一的是吧？"

特伦斯沮丧地说："有点吧，我失眠时也用。"

菲奥娜微笑，"你一度很享受我的观察力，现在不喜欢了，是不是？因为现在才是最终版本——我的医嘱是避免感情纠葛和相关信息,而你是要再把我逼疯,对吧?"

特伦斯想了想,刚要开口,菲奥娜便逼问:"谁让你这么干的?我再多猜一次也无所谓——是不是米勒?"

"米勒?不,没有谁……"

"你也很清醒啊,到现在还假装不知道我丈夫的名字。但我身边人也很少,所以很容易猜到是谁。米勒走了三年多了,距离他最后一次联系我也有两年了。也许他突然听说我可以配偶失踪的理由申请离婚了,那样他就会彻底失去得到我家祖业的希望。但他的好消息是我后来进了你们的病房,只要找一个行家,把我弄疯,再送回那里,他就有机会支配那笔财产了。米勒一生办成了很多事情,百分之三十的机会对他来说就是百分之九十。这也是你用什么柏尼丝的财产作故事题材的灵感来源,没错吧?"

"根本不对!你那个米勒和我都是浑蛋好吧,但我跟他没有丝毫的关系。求你先把药给我!"

菲奥娜看了一会儿渐显虚弱的特伦斯,"那个电话是谁打来的?你跟他说正在做什么事,就是指正在对付我吧?"

"把我的电话递给我,我让你拨回去……"特伦斯脸色苍白,腿部试着用力,但看起来已经站不起来了。血已经染红了他的裤兜,蓝色的布料变得紫黑。

菲奥娜顺着特伦斯伸手的方向看了看放在鱼缸旁边的电话,"想让我把电话递给你,然后你报警?想让警察逮捕这桩事里唯

——一个不是浑蛋的人吗？"

"是我自己想要你！"特伦斯竭尽全力喊了一声，"这样你该满意了吧？那个电话是精神卫生中心档案室打来的，我应该把你的资料还给他们——以前我见过你，现在我到住院部工作了，我想让你回去。这次是真的。"也许是由于失血，或者情绪激动，他浑身小幅度的快速颤抖代替了刚才的抽搐，他气息虚空但语速加快，"你没留意吧，你很像柏尼丝，尤其是你住院时短头发的样子，还有笑或者厌恶什么时的表情。"

菲奥娜朝有柏尼丝照片的卧室望去，当然她什么都看不见，"这么说真的有柏尼丝？"

"也真的有西恩，但没有艾玛。那些情节我想了好久，不只是为了刺激你。有些是真的，有些不是，有时我自己也会混淆。柏尼丝的病是假的，但西恩与她结婚了，而不是与艾玛。我帮他们结合了。即使真的有艾玛，我也骗不了柏尼丝，我只有在这个房子里才能表演自如……他们已经离开了，我每天要做的就只剩下对付失眠。我试着接触过很多女人，但好像只有你才会有效。人不容易觉得自己与别人相像，但我反复看了你的影像资料……我快毁了，总不能不为自己今后的日子做任何事吧……"

特伦斯的颤抖开始更像是寒冷的反应，面部表情却开始凝固。

"你是想告诉我，你要把我弄疯，正是因为感情？同时你甚至没想过要与我正常地交往。哦，对了，那不合你的胃口，你希望别人多给你点安全感,就像你的鱼只待在你的鱼缸里。"菲奥娜正把药瓶里的药粒一颗颗扔进鱼缸,白色的药粒入水便迅速溶解,在里面洒下一片白雾。贝丽和另几条接吻鱼悉数在水面上贴着玻璃壁喘气,像刚才某一时段的特伦斯。

"你会……会变成杀人犯的……"气流断断续续地经过特伦斯的喉咙。

"到现在你都没有想过,为什么一个曾经的精神病患者仍然没有被一个精神病医生搞得旧病复发?你都使出了人身威胁。轮到我告诉你点什么了——简单地说,米勒走后我就下定决心要让下一个骗我的男人死掉。下一个,和以后所有的。只要肯进你们的住院部待上几个月,就可以实施我的设想了,很划算啊,呵呵。"

特伦斯的表情已经无从解读,他只是乞丐一样向菲奥娜伸出手掌。菲奥娜继续在鱼缸里制造波澜,手里只剩下两粒药时,她停了下来,手臂搭在缸沿的胶条上。

"你看,特伦斯,你现在需要放轻松点。从前,有两个朋友走在森林里,突然一个对另一个说,后面有棕熊追来了,快跳进水里。另一个听了马上跳进了旁边的一条河里。熊真的来了,还下了水。河里的人不见伙伴,喊,你在哪儿,它会游泳,为什么让我下水?声音从一棵树上传来:我知道它会游泳,但它不大会上树……两粒够吗?"菲奥娜把药粒托在手掌上,手向特伦斯的方向推送了少许,也恰恰悬在鱼缸的上空。

夜或新晨

　　她现在的住处果然离大学不远,借月光分辨,与那个实验室所在的区域只隔了一片树林。如果是只身找来,我会对这里心生厌恶,但眼下我不住地望过去。
　　从后窗可以看见的,是这幢房子里可以待客的一间。长桌旁坐着大概四五个人,蜷曲在柔和得略显昏暗的灯光中,看上去不止一种肤色。桌面上仰躺着的就是费伊,她的面容和神情看不清楚,紫纱是穿着的还是盖着的也无从分辨。这荒诞的场面其实正合我曾抛给她的一句咒骂。
　　那时她已经不大回家了,解释是她心里有了个女孩,需要和朋友们聊聊。为了帮助我理解,她补充说其实女孩是在她头脑里,也在另外几个人的头脑里,那是个不存在的女孩,却被他们分别感知到了，就像一幅从未画出的图画，其笔触和意境竟显现在人们心里。

"小紫很活泼，只要我静下来就能听到她欢闹。"费伊经常为此兴奋到疲倦，有几次还收了声展示她聆听小紫的样子。我知道她被学校的某个家伙戏弄了。要我容忍她这副样子并不容易，我们曾经有过一对胎孩，可孕中期费伊从几个台阶上摔了下去。当时是我没有扶住她，她的脚步也蠢笨，不知道我们都在想什么。她流出的血滚烫。从那之后我对小孩这样的字眼有些敏感。

学校那个家伙好像越来越缠人，她回家更少了。见面争吵时本该只有我发难的份儿，但她显得对我特别失望，说她讲给我那么多，而我只是个浑蛋。她指指脑袋，说我根本不关心她。

"我以为你快要疯了，看来你他妈的早就疯了！"我也指着她的脑袋吼。

随后的离婚是在我一次动粗之后。我挥拳头时目光也刺过去，咬合肌紧绷鼓胀着，过后她久久地呈现一副畏冷的样子。想来那次也算是长期郁积情绪的宣泄——流产后她曾经一心想复制那次受孕，为这煞费心思，而我没心情抚慰她，只想逃得远点。很多问题就此翻露出来，我们都变得愈发偏狭。她求过我，说再试一次就好，那种恳切吓垮了我，情形俨如我诊所里的病人强要抓住我的胳膊。

现在后窗里那情景几无动换，有人嘴里似乎念念有词。我低声冷笑,谁能相信他们多是科研或者教职人员。

车里的鲍威尔回头说:"他们应该快结束了,最近费伊不太有耐心。"

鲍威尔留着络腮胡,他就是那时费伊身边的那个家伙。刚刚他把车熟练地开进了后院,然后留在驾驶位上等着。半年前从我家接走费伊的可能就是这辆车。我坐在后座。虽然我算是听了他的鬼话,可还是不愿跟他靠近。

最近他找过我多次,起初无非是说他跟费伊并无奸邪之情。

"你有时也会走神吧,是不是有时也会有点恍惚?"一次他问。我不想理会他用什么说辞为自己开脱。我挂过他的电话也对他摔过门,这是在人家离婚半年之后再来说这些废话的应有待遇。

后来再找到我,他就直接说有求于我了。而我大概最近空虚难耐,莫名地几次想起费伊,便任他说了他们之间的事。

他还是坚称他们在科研上志趣相投,那勾当搞成这样,这么说滑稽透了。从他嘴里我知道了些费伊没对我说的事。她是他小组里重要的一员,是最早相信他提取的脑电波组的活性的人。这我并不怀疑,费伊活着似乎就是为了相信些什么,用它们填补某种空洞,她就是这种女人。流产之后,她相信我们会再有一对孩子;她曾相信我的宽宏和疼爱,在我对她挥拳后便转而相信我凶顽成性还恨她入骨。鲍威尔声称他发现了另一种生命并且能培植繁育它时,她自然是他的上佳人选,相信这种生命以类似概念的形式存在,愿意奉上自己的脑袋作培养器皿。

"我还是认为我们的团队成员都很棒,头脑都很开放。"鲍威尔说这话后自己也垂下眼,"他们真正思考了生命是什么。"

他居然还说服了另外几个人,组建了团队,理由只是概念生命或者说他搞的脑电波组需要他们,需要栖息并发育在他们的活体脑子里。

"所以他们现在呢,是不是被你搞出了脑瘤?"

"不,概念生命与那些黏叽叽的肉体组织无关,你不了解它……虽然它也有点偏出我的预想……"

这晚他要我上他的车,然后再告诉我为什么他们需要我。我以为是因为我是个医生。而我跟他走主要是想见见费伊。我和她当初的恋爱不持久也不热烈,离婚时也只有恼火没有肝肠寸断,可是近来我却像个敏感少年一样牵挂起她,时常默想她从前无邪呆愣的样子,同时自己也陷入呆愣。原来分离半年会是这样。有时我会不自觉地走近校区,但没有碰到过她。现在能被请去向他们那些人施以援手,当然会让我见她时姿态体面。

路上鲍威尔手握方向盘,恢复了一副权威的样子,说其实要解救的可能不只是他们,"紫脑电波组是有辐射性的。按照我对它的了解,它可能'感染'实验以外的人。至于它的辐射性或者说传染性有多强,我也不能确定。"

我耸耸肩膀,说我现在脑袋感觉还好。看得出他是指半年前我和费伊的接触。

鲍威尔说:"嗯,费伊说过,说你虽然有时疑神疑鬼,接受能力却并不强,你可能不是紫脑电波组的良好受体,所以我们当初没有邀请你做受试。"

他的意思是他们没有选我。我笑了,说我是医生,随后为费伊这女人沉下了脸。

路不远,一路鲍威尔却说了很多,语速很快,讲他辗转加拿大和比利时的几所大学潜心钻研,讲他兽医似的摆弄动物,采集概念生命雏形的脑电行迹,好像真的想把整件事从头到尾说清楚。这竟然让我这个对他们和整桩闹剧嗤之以鼻的人有了一点压力,隐约觉得自己糊里糊涂背负了一个不轻的任务,对他说的那些原委和细节却没能都听入耳。

我只明白了一些简单的东西,不足以弄懂他想要我做什么。

他们意念中的小紫真是紫的,眼仁和萦绕周围的光芒都是,但属于一种难以名状、世间无存的紫色。他们所有见了小紫的人在一起用大量颜料调制了很久,才把那色调仿摹得差强人意。紫脑电波组本来与颜色无关,只是因为它在所有产生阳性反应的受试意念里投射出同样颜色的具象,才得到这个代号。鲍威尔并不在乎名称,他功利而冒进。起初他不满意的只是阳性反应率。在加入的八个人里,只有三个立即意识到了一个紫色调胎儿的存在,是费伊和两个来访的亚洲作家,另外两个只说意念里有紫色的烟雾，包括鲍威尔自己在内的三个人则毫无察觉。后来他对自己施用了过量辐射，见识到了那女孩，也让他们真正开始了解她。

鲍威尔头脑里的小紫迟来却最清晰最真切，对他现身的同时，她也跃入费伊他们的意识，替换了原形。小紫从动弹着的胎儿形态，骤然变成了蹦跳着的女童，有了更生动的面庞和眼神，其放出的紫色光芒加倍纯粹，会让他们在试图描述时久久地失语。那两个人曾见到的紫色烟雾直接聚拢成了女童小紫，两个浑然无知者中，有一个脑海中突然跳出了小紫，另一个则报告了难忍的眩晕，退出了实验。

至此他们总结，紫脑电波组的生命力是人们还无法解读的，因而它在人的意识中只能投射为人所认可的生命形态，它在不同人头脑中不必分别生长，而会在多点之间相互映照，趋向同步变化。人作为概念生命的受体或者说宿主，对其感知的准确度、完善度不同，但这不会影响演变的速度和同步性。

我想起了费伊口中的"小紫很活泼"，不知道当时她形容的是胎儿还是女童，那种蠕动和嬉闹叠加的意象使我觉得一阵恶心。

他们兴致勃勃地把他们的经历和见解记录了下来，并期待获知更多。那段日子里常有兴奋的颤抖，虽然也夹杂着丝丝隐忧，可毕竟他们求知若渴，那紫色也无比漂亮迷人，从那对眼仁中闪现的时候尤其摄人心魄。

接下来的奖赏来得急骤了些。鲍威尔说，小紫的形象停驻在女童阶段两个月后,突然启动了诡异的生长。其青年、中年形象只在他们脑海中闪了两闪,留给他们两个激灵,就归于一副典型的老年样子——小紫变成了紫姨,脸上有明显的皱纹,脊背已经有点弯了。同时,紫脑电波组的这种具象投射开始更多地转入梦中,并带有更多的情绪色彩。比如紫姨会散发出一种气息,让人想到小时闻到的温暖水雾,还会边呼唤边伸展肢体,嗓音好像伴着无数个回声,但都整齐地重合在一起,能让人睡得更深。她眼里紫色的光仍然很美,而眼神多了些努力放射的意味。

"这意味着,"我从鲍威尔的语气中领会到了某种东西,"你们的概念生命只能昙花一现?"

"唔……"他像是想找到其他说法,但没了心力,"差不多吧。"

这时他已经把车开到了费伊住所的后院。其实还是不能排除这是费伊和他两个人的一处私巢,但我竟然不在乎这些了。鲍威尔的神情加上后窗里逸散出的某种气息让我思绪凝聚。我知道事情没有昙花一现那么简单,他们聚在一起这么做当然不是想挽救他们的作品。

"那两个作家里,有一个日本小说家自杀了。"鲍威尔的声音格外低沉,"他在小紫相对稳定那段时间回国去写新书,紫姨出现后还和我们联系交流过,但不久就坠楼摔死了。当地法医鉴定他是在梦游时破窗而出的。"

我打了个寒战，为费伊跟这些人混在一起而不安，好像她还是我妻子似的。

我没有理由认同鲍威尔这种道貌岸然的混账，但眼下却得听他的理论。在他的论说中，紫姨不邪恶，可显然也不再可亲。她从小紫的状态匆匆成长疾速衰老，从他们清醒的意识里退居梦境，相当于在寻求窝藏，但鲍威尔判断，她还是无力支撑多久。如果她在他们的梦里继续枯老，当然就会很快死掉。像个衰竭进程过半的病患，她预后堪忧，然而紫脑电波组携带的一种定势起了驱动作用——它会极力寻求自我延续。鲍威尔说他没有也不能滤掉概念生命的这种定势，因为这是生命的基本特征。

日本作家出事后仅仅几天，一个参与实验的年轻教员猝死，就是那个因眩晕难忍而退出的受试，死前他捉起一支笔迅速画了一幅人物肖像。由于他生活中没接触过什么可疑的老妇，那幅画无助于旁人理解其死因，但却让鲍威尔觉得确证了某些推测，沉入浓重的忧虑中。

据说只用一支普通的铅笔，年轻教员就画出了紫姨的神韵，甚至让鲍威尔感受到了紫色浮动。实际上事发前，鲍威尔和他的受试们意念中的紫姨形象更加具体明晰了，同时也又衰老了几分。按照他的逻辑，他们对紫姨的感知在持续地消耗她的活性、加剧她的枯萎，概念生命只有临到末尾才会陷入如此尴尬窘迫的境地。紫姨只能逐个熄灭消耗点来苟延残喘。也就是说，她的清晰化伴随着渐愈虚弱，越是这样她也就越有动机了结他们几个，就像蜡烛要杀灭自己的烛火。

鲍威尔扭过头来，其神情说明到了劝服我的关键点。他说，概念生命会利用自己的特性来操纵我们的心神，危及宿主的生命。"其实要研究它，正是因为预见到了大规模的灾祸。你听说过飞鸟集体坠亡、马群跳崖自杀、鲸类动物主动搁浅毙命这类事件吧，你相信那些牵强的解释吗？几年前在加拿大我就捕获过它们的脑电活动，做过大量分析和对比、模拟。我特别不愿意证实这点，可它们的确是被有活性的概念控制的，只是那种概念还没进化到能摆布人群的级数。"

"这样啊，所以你想帮它进化……"

"你也是伦理学家？是那个见鬼的委员会那伙的？"他变了声调，直至吼了起来，"就是这种论调让我们的研究见不得光、走向失控的！"

我向后靠去，靠上了椅背。鲍威尔尽力平复着自己的情绪，"我本来可以控制它的附着力和表达限度，但那些蛮横的蠢货碍事，我搞不到足够多的钱，借别的名目申请的经费大半没有获批，我就做了简陋版。"

"简陋版……我希望费伊他们事先都听过你这说法。"

他伸手在方向盘上反复抓握着，"不快点弄明白它，厄运就不远了。人们发呆、走神的频度和脑电性质都在悄悄改变，我察觉过,也在实验室观测到过,有诡异的因素在引发更多阵发性的清醒中断——那种活性概念的长期试探已经起作用了,人类意识的缝隙被撬动了……"

我想起他提起过走神的事,也不由想到窜过脑际的空白,和听说过的高速路"瞌睡"。他吁了口气,缓缓回到眼下的具体问题,也变回一个有求于我的人。

"的确,我提前催化、强化了它。事到如今只好较量。要把我们一起除掉,紫姨没那气力,所以她一个一个来,到她弥留之际会不惜跟我们同归于尽。"他看看我的表情,接着讲道,"这不是小人之心,是我们能感知到的。对她来说同归于尽不是恶毒,而是终极理性。在最后关头灭掉显在的消耗点,她就还有一线机会残留在另一些人的头脑里——她和她的前身,多半已经轻度沾染了很多无感知者,以散碎片段的形式潜藏在他们潜意识里,预备未来兴风作浪。如果她在本体熄灭之前及时剿杀了我们,就没人能废掉那些潜伏的片段,而她会用尽最后的力气激活它们,就算不能完成还原,也早晚会蠢动泛滥……"

他又要加快语速了,我不愿听太多,让他直接告诉我,到底要我来做什么。

他几乎是在瞪着我,说出的话比他的样子更加无理。他说:"杀了紫姨。"

我愣怔了一下,除了苦笑不知道如何回应。他从怀里掏出一张纸,展开了,是一张铅笔勾勒的人物画像。

"这就是那个年轻人临死前画出来的紫姨,你看看。"

我不想接过那张纸,只凑近了看那人物的面部轮廓,我看了她的眼窝、鼻翼、两腮和颈肩,然后向那扇窗里望去。这时我仍然看不见躺卧着的费伊的脸,但我明白了鲍威尔的意思。

"费伊?"

他点头,把画抓回手心团握起来,似乎给我看过后它再没有用处。他说,紫姨越来越像费伊,所以那几个人在里面围着的是她。依附一个真实的、常见的形象,紫姨会减缓消耗。对可感知者,她放弃了对自己独特形象的维持,这更说明她时间将尽,所以对人的威胁也在迅速膨大。现在他们不得不先下手。

"懂了吗?要是她先干掉我们,就算她随后死掉也会遗祸所有人,未来不只是动物成群自杀那么简单……现在我们每天都来费伊这儿,让费伊化妆,打扮成我们心目中的紫姨,再扮演紫姨的尸体。我们努力让自己相信紫姨死了——这是概念生命自带的一个弱点,只要有人相信她死了,这种信念就会在所有可感知者头脑里同步化,就此真的杀死她,同时脑电波组就会尽数熄灭,包括那些潜伏片段。所以现在需要有人相信那是紫姨的死尸,只是看电影入戏似的一瞬间相信就好。但我们几个已经太焦躁了,这么多天都没人做到。"

他们居然把自己逼得这么狼狈。他接着说:"我想过很多次,你帮忙是我们最好的机会。今天的安排，只有费伊不知道。她是我们中最善于相信的，让她每天装扮起来躺在那里做表演者不是办法。你帮我们，我发誓会彻底埋葬整桩事，也会把费伊还给你！"

他脖颈略带颤抖，"时间不多了，我有强烈的直觉你可以。"

"可就算我肯帮忙，也完全不知道该怎么做……"

"你脚边的口袋里有一把橡胶短斧和一些颜料。等一下屋里的其他人会想办法让费伊睡过去，你进去惊醒她，同时朝她挥斧子。你要让斧子的橡胶假刃真的落在她头上或者脖子上，颜料是血红色的，你可以事先泼到她身上。"

"你想要让费伊相信自己被杀死了？"

"费伊受紫姨影响最深，最近她有时觉得自己就是紫姨或者紫姨真的等同于她，据她说在浅睡乍醒的时候这种念头尤其真切。我们也要用心一些，他们会让她不去卸妆换装就入睡，你动手时要把她的脸扭向里侧的一面镜子，让她看见自己那副紫姨的样子。"

"可如果只需要一个'行凶者'……为什么得是我？"问出这话，我差不多猜到了鲍威尔会怎样回答。

"我说了，作为最该对这局面负责的人，我有直觉该找你来。要说理由，你该知道当时你那几耳光把她吓成什么样。她只在你眼里见识过凶光。"

我咬了咬嘴唇。鲍威尔又说了很多，时而央求时而叮嘱。无论嘴上怎么说，我发现自己并不想拒绝，反而有点亢奋。这应该不是因为我要去解救众生。在这个夜里,我对费伊的恼恨、愧疚和想念混合在一起,正需要挥舞一番。

窗里有了动静,有人望过窗子,几个人站起身,向门口移动。覆着紫纱的身体还横躺在那里。她果然睡了。鲍威尔下车为我拉开车门,然后差不多是把我拉了出来,他说最好别让费伊自己醒过来,也别让她睡得太深。他一边把那些道具交给我,一边又嘱咐了我几句。这还是有点荒诞。我已经看见有人走了出来,站在月光下朝车子这边张望,全不掩饰期盼。我迈出几步,照着鲍威尔指的方向,朝一个侧门走去。

月空的明暗和夜晚的微风都如此真实,与费伊分手时我当然没有料到会这样再相见。

进了门,走过一条昏暗的廊道,我的脚步声格外沉重刺耳。我找到了那间房的门,站下喘息了一会儿。费伊的脚和她身上的紫纱进入我的视线,我走进去,直愣愣地面对着她。看得出她肥胖了,下巴上的皱褶无论是不是出自化妆都让人心疼。这个紫姨的确已经精疲力尽,而身边的人们都如临大敌。我用指关节触碰她有脂粉的脸颊,同时看见对面镜子里自己提着袋子,袋子里面显然撑着一把斧子。我拉开袋口,觉出某种急切。既然已经身临此境,不如早点完成那套程序。

看来鲍威尔很用心,他的颜料血浆是仿血腥味儿的,我朝费伊淋了一下,伸手去涂抹她的脖子。气味飘散开来,像有一群鱼腐烂在河泥上。血浆里还有肉屑样的渣滓，我在她皮肤上拖滑手指，心想涂得大概还不够。可这时我打了哆嗦，是手被另一只手攫住了——费伊半睁开眼，用眼缝望我，她的手没有力气，但那抓握足以让我不知所措。她醒了也哭了，她的瞳仁是紫色的，眼窝也呈现浅紫，眼泪在那里凝结着一样，闪着光泽。

"原谅我！"她喘着气说。

就好像我真的是个凶手。我松开了拎道具口袋的手。

她边吞咽边颤抖着说："我知道的，我都知道……你先原谅我，我会再睡过去……"

我的呼吸更加粗粝了，我想我梦到过她这样的声音，就在这些日子。是一串梦，我明白了就是因为这些我才这么记挂她。我想暂时擦去她脖子上的血浆，却弄脏了她的腮部。她要放纵自己的哭声，也要咽下更多眼泪，因而形成了绵延起伏的呜呜声。这似乎也正是我梦里的，在梦里她就是仰卧着呻吟的，让我思绪混乱，眼前恍若有红蓝交叠的光可以掩蔽对与错、过去和将来。

我俯下身亲吻了费伊，她的吸吮有力，我也急着给出更多，伏在她身上悲喜交加激亢无比。意识的有和无好像正在相互叠加，她的嗓音幻化出无数个回声，但都整齐地重合在一起。我用冲撞来表达我的原谅与疼惜，这一次极度畅快，只是格外短促，好像前两下就让自己堕入了万象的涡心。

那种尽情滑坠的感觉在青春期时都没体验过，我头脑轰响，梦境在其中溅起。所有的红色和蓝色相互寻获，交合成难以名状的紫。不需要思辨，一瞬间我已经确知了紫姨的存在。这种知悉俨然经过了亘古等待，一绽现就让我战栗瘫软，然而梦里紫姨的轮廓和色泽只一闪烁就很快隐没，只有她腹部的隆起余留下来，一次强过一次地搏动着……

一股特异的时间之流潆洢又流散，我恢复了梦外的视力，身下费伊睁着两眼不再哭泣。我们看了看对方，像两块骤然冷却的铁。一切好像在重新开启，时空都在从头编织新的质地。

"怎么了，你们到底干了什么？"窗外传来鲍威尔的声音，但这句话的后半句便是软塌的了，失去了追问的力气。他身边的人也没怎么附和他，只在急急地相互探问着什么，几个人制造了过量的嘈杂。我开始明白一些事，包括我的梦和鲍威尔某些念头的来由。紫姨不是他塑造的，其销匿也终归不由他。此刻活化的不必是那些散碎片段，精微和宏大都已经达至。费伊相信我们会再有一对孩子，这也是老弱的紫姨最为钟情的意象，于是费伊和我才会被牵引到此时此境。在她和紫姨的叠合之中，意象的映印不容逆转。现在在融化了母体的紫色里，一对孪生兄妹在闪念间脱出混沌，生机勃发地疾速成长……

不孤单就足够了，两相交融足以生生不息，创成真正的不灭。永远不再需要我这样的角色。他们新鲜稚嫩，却已经出离迟拙，油然摩挲对方，亲如榫卯，蕴有的活力将迭起不休。他们让感知到他们的人无法抵御,也会在无数人的意念暗影间深深埋下根脉。

外面已经见不到月光,辨不出是夜正极度沉抑还是新晨将要来临。在这最该静息的时分,远处有很多窗灯先后惊疑地亮起,不知道刚刚有多少怪梦在世间跳荡,而我今后再也无权指认任何愚蠢、错乱和荒谬。我耳里有漫无边际的嗡鸣,眼里仿佛见到浩瀚的紫色光焰裹缚着所有人,犹如翻卷着蜂蛾蝼蚁。我约略懂得应该心生罪疚惶恐,但莫名地只感觉安宁怠惰,好像塑像终于找到了自己该有的形态和身姿。不知道天亮后我脑子里会留下些什么,残存的心智告诉我这不重要,我们对那种必将弥散开来放恣熔炼的紫色来说已经无足轻重。

谈谈小说《个人阅读》

我为澳大利亚作家加德·卡希尔新近的短篇小说《个人阅读》而睁圆了眼睛，并为它在曼努尔学派和生姜沙龙等圈子里获得的认可而感叹。众所周知，生姜沙龙对操弄形式的写作向来厌恶，而曼努尔学派自半个世纪前形成以来，还从未屈尊俯就地讨论过长篇小说以外任何类别的作品。

首先发表《个人阅读》的英格兰杂志《第二眼》名气和发行量都很小，后来该篇的两种单行本印数也不多，而且并不精致。有人甚至怀疑这是作者和出版商策划的饥饿营销。

独生子加德·卡希尔十六岁就独自到欧洲游学，在澳大利亚他的父母却把他的三个堂兄妹收养在家里。我不知道这种局面的成因及其对卡希尔的影响，也不相信那些自以为是的外界臆测。

《个人阅读》出现之前我和几乎整个文学界都从没关心过这位作家。现在我却有疑问难以释怀。根据卡希尔在欧洲的若干出格的言行（例如，作为一个纯正的异性恋者，他强迫自己持久地尝试同性关系），他更该是一个视激情如生命的写作者，他应该终生不懈地去刺激读者并嘲笑同行，因而被埋没在这个时代无数竭力异化自我实则雷同的家伙们之中。实际上，他却一直能沉下心来，也许多次回避过他的私人伙伴们，用深度平和和复古式的耐心来写作。这算是另一种特立独行吗？

如果报道属实，卡希尔曾经与一位曼努尔学派的新人发生过争论。争论的内容不得而知，但通常小说家总是能战胜文艺理论学者，而后者则总会自认为取得了更高层面的胜利。《个人阅读》问世以来，我觉得整个曼努尔学派彻头彻尾地输了。我不是指他们对一部当代的短篇小说给予了承认，承认总是一种优雅的姿态，我是说他们只敢褒奖这部作品，却不敢解析甚至不敢真正介绍它。看来这个学派内部的共识，就是解读一部晦涩的作品会带来极大的风险。他们输给了卡希尔，也输给了生姜学派和其他勇于评论的阅读个体。

一次又一次地，曼努尔学派的人只说起《个人阅读》的少数段落，对小说第一节的内容，他们比作者本人还要熟悉。

人们说真正的独处可以发生在喧闹之中，物理层面的孤单只是其最浅表的形式。而我无意追求惊人的灵魂，因而并不介意只身一人在屋子里演练我的独处。我的窗帘掩着一半窗子，使从另一半涌入的午前阳光显得更加浓烈。我坐在有圆冠靠背的木椅上，面前的写字桌上有新旧不一的报刊和纸笔。椅子很久才随着我身体重心的移动吱吱响上几声。窗外密布的绿叶使我偶尔幻想身处童年时的树屋里，或者多年前乌拉圭田园的角落。

起初，他们探究卡希尔的写作心境，后来他们开始在其他主题（如对作家圈的划分和评析）的文章中谈及卡希尔。他们说卡希尔的母亲有四分之一乌拉圭血统，因而卡希尔有着难以摆脱的南美情结。作家本人对所有观点和说辞一直不做一丁点回应，这明显给了很多发言者极大的信心。

稍稍让人舒服一点的是，另有很多读者（包括匈牙利小说家佐尔坦）开口时都敢于承认，自己正在理解和消化这部作品。我与他们近似，我所要消化的还包括这部作品大获成功的消息，它让我如此安静。我反复读过作品，也留意着人们对它的谈论，里面果然含有很多空洞和虚妄。即使那些卖力做出的品评，之间也难免有无法忽略的分歧。人们共同提到的只是瓦尔特·本雅明和他完全由引文著书的想法，因为《个人阅读》为其每一节每一处文字标注了出处。第一节和第二节引自朱利安·维洛索在1965年出版的随笔集《在林间的时光》,根据我个人的查阅,其中用阳光、桌椅、干马提尼和壁炉描绘阅读环境的一段在当时还算小有名气。随即,小说进入了令曼努尔学派绕行的部分,第三节的文字居然来自几乎无法查找(这当然不是绕行的原因)的《南巴迪夫大学校友通讯》。

> 我们希望本期通讯不会太晚邮寄到科伊特镇,校友甘瑟·布莱恩在那里研究周边的土著文化和族群交流。但现在谈论这位学术之星的研究成果有点不合时宜,因为根据我们得到的消息,他即将迎娶与他同届的我们的另一位校友——安妮·佩里,许多同学将在本月20日到场分享他们交换结婚誓言的快乐。据说,新娘已经彻底被烟花般的追求征服了,谈起细节曾经喜极而泣。按照新郎的意见,婚礼将在镇上孔洞教派的"灰烬"酒馆举行,而不会烦劳当地的教堂。布莱恩的研究生涯使他皈依,如今也将使他们的结合倍加特别,婚礼想必会别具一格。恭喜这对爱人!

读者刚刚被引入二十一世纪,很快又被后面两节推回到几百年前。1663年出版的《论个人修为》(作者为赫塔菲)是怎么写到这些内容的?我没有查到原著。

……人群终于在华金的劝说下平静下来。华金沉稳的语调让人无法置之不理，他几次提到那些坐上异族男人马背的女人，但从不使用"被掠走"一词。他提醒同胞们那些曾经的姐妹惧怕的眼神其实是朝向他们自己这一方的。"让她们跟他们走吧。我们的族群五十年来没有任何骄傲，今后至少我们可以骄傲地说给过她们自由。我们该以礼貌的送别作为对她们多年后回来的预先欢迎。"

原本对峙的两群人里都不乏惊呆者。华金身边的长者惊叹于这就是当年被族长施以重罚的少年。当时人群里没人知道华金浪迹四方时的所遇所为。他的右臂从容地垂着，手腕端头光秃秃的，已经看不见伤疤……

就在异族人的首领朝华金微微点了一下头，带领一群人掉转马头时，华金身边的桑切斯射出了第一箭，对面一个马背上的女人应声落地。桑切斯竭力大叫一声，带领几个小伙子冲上前去。许多人还没弄清楚发生了什么，就跟着参与了拼杀。桑切斯对异族人的抢夺之恨和对那些女人的背弃之怒使他突然具有了首领风范，他高喊男人的眼睛不是用来目送女人离开的，那些骑马的人选择挑起仇恨，那么只有报仇雪恨值得倾尽全力。他吼叫着要剁掉对方所有男人的阳具，然后送给上马的所有喜欢它们的女人。果然他挥出了第一刀，一个人或者一匹马的鲜血喷射向天空。两群人混合成血肉横飞的一群。

打斗平息之后,桑切斯带着几个活着的族人果真收割了对方的阳具。华金躺在尸体间,半边身子被压埋在别人的肢体之下。

教化出完善的人的努力再一次惨遭失败。直到一百五十多年之后,贤者才再次出现。与华金不同,冈萨雷斯自从幼年就像圣徒一样……

上面是第四节,也是被某版本莫名做了删节的一部分。其中从"桑切斯竭力大叫一声"到"两群人混合成血肉横飞的一群"的一段文字在第五节重复了一遍。困惑便正式开始了。

很显然,卡希尔在用跳跃和重复表达内心的波动。所有引文都只与人物的思绪合拍,而不是像有些人说的那样埋伏着硕大的玄机。为什么不把这个短篇的纸页泡在药水里等待咒语显影呢?而佐尔坦起初说由这重复的第五节,他发现《个人阅读》的主人公就是那个正在阅读或者在脑内重历阅读的人,此人遇到了两性关系问题而且难以释怀。这让我不免替卡希尔失望,最浅白的一种可能却需要被同行卖力发现。生姜沙龙里有一些成员觉得跳跃和重复表达了作者对读者毫不掩饰的傲慢和漠视,还好不是所有成员都这么说,这救了这个沙龙一命。更让我恼怒的是,所有的幼稚和偏颇都在参与编织《个人阅读》的声望之袍。真相无须存身深远，寻找者的愚钝自然能让它价值连城。

荷兰电影人赛斯·波尔让我得以喘息。他与卡希尔相识，反而很晚才发言。但不出所料，根据这位阿姆斯特丹导演的性取向，曼努尔学派的一个老头子认为波尔是卡希尔的"长期伙伴"。我无论如何都认为这是一次中伤，虽然我认为波尔有权体面地躺在任何一位作家的沙发上。这个叫胡安的老头子有着失败者的一切心理特征，波尔对作品的质朴看法并没有反驳他的任何言论（胡安几乎没有就作品内容说一个字），他仍然认为波尔的大胆直言是一种冒犯。

就一部波尔学生时代的剧本草稿，波尔与卡希尔谈过故事与人物。他们都认为，当下一切形式故事的通病就是用显在动作去表达人物的内心，而最惹他们厌恶的观念就是画面对内心的表现永远不怕多。由外至内的简单映射关系是文艺史上最大的陈词滥调。为什么读者或者观看者不能目睹故事人物的心理活动本身，然后由之推断知晓人物的手臂、腿足和嘴巴正在做什么呢？波尔认为观众有这个权利。卡希尔从来不谈权利，但他相信阅读潜力是无限的。

这些共识是由波尔主导谈话而达成的。对话间卡希尔曾经长时间一言不发，又几次提出疑问，后来终于对他的朋友表示赞同，随后就以刚刚形成的观念贬斥波尔创作的所有影片，包括被地下影迷群体奉为珠玉的《吞云吐雾》。也许卡希尔骂得情绪饱满，毫不留情，当天的谈话算不得平和，据导演说两人动了手。然而，当波尔说起小说《个人阅读》时，其平静轻松的语调像在谈论孩童玩伴的家庭作业。

波尔轻描淡写地表示，通过众多引文，卡希尔无非是在倒置行为和心理的表里关系。小说里虽然一直没有实际人物出现，波尔还是把作为阅读者的主人公称为"寂寞的海廷加"（暂且听之任之。波尔坚持给自己每一部电影的第一主角都起名海廷加，为此还跟阿贾克斯球星罗伊·海廷加打过嘴仗）。在生活的某一时间点，海廷加本来打算接受自己的寂寞，他抖落《在林间的时光》书页间的灰尘，为独处而沾沾自喜。然而不久，南巴迪夫大学的校友甘瑟·布莱恩和安妮·佩里的婚讯传来，海廷加的心境被搅乱了。

对连缀着的第六节和第七节（此节末尾混入了第三节的几句话）波尔并未多想，认为这几段发表于《南巴迪夫生活》的文字，是暗恋者海廷加早年的收藏品。文字出自文章《追求本身浪漫吗》，作者是当年就读于南巴迪夫大学社会学系的安妮·佩里。

我的专业研究令我过于苛刻地看待身边的感情故事，这并不是我的初衷。我敏感地看到了美好表面之下的误解。我的朋友都是些聪慧的女生，有的甚至在本科二年级就获得了教师水准的学术奖项，但她们多数没有把智慧留给对罗曼关系的认知。她们能容忍性爱的不完美，却时时刻刻期望异性为自己制造一场精彩的追求。

……依我看，以建立恋爱关系为目的的追求并不浪漫。当然我所观察的样本都是男性对女性的追求。我父亲为我母亲完成过这一步骤，十五个月后他们离了婚，因为我父亲已经开始了对另一女性的火热追求。离婚成了他诚意的表达。现在他追求过我母亲的唯一证据就是我的存在。

但请放心，我不会根据私人家庭经历给大家建议。周围男人的表现无法摆脱我的推敲。他们习惯性地发起攻势，一旦遇到挫折又迅速地改换追求目标。即使他们表现出某种专一，其讨好情人的手段却多数与性欲无关。爱情的确是一种综合情感，可性吸引是它的核心，不是吗？追求者们在他们的目标面前谈话、消费，做出不急于性交的姿态，我看不见美妙在哪里……他们清楚不该由热情高低决定追求的强度，用一半的努力分别追求十个人，会成功零次而不是五次。追求的法则是全或无，要成功，即使对末位的异性目标也要暂时全力以赴。他们执行这种稳妥而自私的策略，所以作为惩罚，他们常常被最想要的人怀疑和蔑视。理应如此，失意和无辜是两回事。

荷兰导演认为，小说中的海廷加曾被安妮·佩里对追求者的普遍态度吓倒，他暗自盘算过许久，结果是远远地退离了。波尔的读解零散地分布在多种媒介上，我把我读过听过的拼在了一起。他阅读和说话都极快，自称从不认真思考。关于好友卡希尔的作品，他认为主人公海廷加决定一改自己内心纷乱而毫无举措的常态，去找安妮·佩里和她的校友未婚夫甘瑟·布莱恩，至于要做什么，读者可以从"桑切斯竭力大叫一声"那一段得到暗示，或者参考第八节狮群处理配偶问题的文字。然而到达科伊特镇之后，海廷加遇到了女孩尼拉（波尔给女性角色起名字总是随意而多变），后者正经受着青春期困扰。在旅途中已经冷静下来、失去冲动的海廷加找到了不理会那对新人的理由，相比"大叫一声"，他更愿意做少女尼拉的精神导师。

最能佐证波尔读法的一段就是第十三节，海廷加这时似乎只为成长期孩子们的未来而担忧，在潜心学做传统教育的鼓吹者。他读的东西取自《六角盟校概览》的第二章，实际上是包括科伊特文理学院和南巴迪夫大学在内的西南地带六所盟友高校的招生广告。

坐在六角盟校的长椅上，你身边吃汉堡的人就可能是诺贝尔奖获得者。这个级别的教授都亲身参与本科生的课堂教学，这是盟校的联合规定。在住宿区，你可以结交未来的化学家、电影导演和商界领袖，共同制造你们闻名于世之前的趣事。

每天花点时间坐在图书馆里吧，盟校藏书丰富，订阅数据系统能使同学们分享任意一家兄弟学校的图书。你可以把吉他暂时放在阅览室门口，舞蹈中心、琴房和娱乐室都在不远处……住宿院长会不定期邀来各界名人，鼓励同学和他们聊天，但如果你只喜欢和室友玩飞盘就别理会那些家伙，毕竟你们才是拥有相同床单的人。看歌剧和参加合唱会得到学校的资助，不过踢球和学习中国舞狮也不错，或者你可以去盟校的农场打发时间，在那儿你的动植物知识可能打败你的文学评论老师……

海廷加完全可以讲讲他当时读南巴迪夫大学时的日子，但他习惯于依仗文字，可见其内心的封闭和贫瘠（对内心来说兼具封闭和贫瘠的人还不算多）。这前后的阅读使《个人阅读》开头关于坚定独处的字句显得格外可笑。

前面的第九节，看起来是几个抒情句子和几篇空洞短文的纷杂拼接，多数段落出自旅途杂志《追随》，应该是海廷加乘飞机去科伊特镇途中时而心乱如麻的状况下读的。读第十节内容时他的行动已经取得了进展——他该是找到了一家别具一格的小旅馆，所以通读了《科伊特早报》中报道小旅馆内外治安状况恶劣的文章，并将指导外来游客紧急避险的内容连读了几遍。也许这也是曼努尔学派曾含糊地提到的"有音乐的节奏和重复感"的又一体现吧。

……除了那些公开的肢体冲突,警方还提醒我们科伊特镇的失踪案发率居高不下。近五年来的报案记录显示,区区小镇平均每七十一天就有一个人不知去向。去年的挖掘搜查工作找到了近三十具尸体,很多已经身份难辨,但据信其中大多数是外来访客。特利比亚尼警长说,科伊特镇的民族和信仰情况很复杂,不懂当地人的相处之道可能是外来人口遭遇不测的首要原因。例如,一些游客来到科伊特镇总是显得过分热情和好奇,如果他们遇到班拿族人起初往往会聊得很欢快,因为班拿族人的英语还不错。游客会很开心,直到他们拒绝喝下班拿族长者亲手烹制的羊眼汤……特利比亚尼警长劝告游客说,不要认为陌生的东西只会带来新鲜感和兴奋,无论你在原来的世界积攒了多少安全感。谨慎选择打交道的对象,孔洞教派和小十字教派家庭都乐于提供卫生安全的食宿,这些家庭多数源自近一个世纪内定居本镇的学者,他们只和一两个土著民族保持亲密关系,分享一些有道理的价值观。你只需要对他们彬彬有礼并保持客人该有的尊重。

接下来,海廷加从名叫"灰烬"的酒馆(孔洞教派专门的餐饮场所）内墙上读到了该教派温和沉静的自我宣传内容，它的历史果真只有几十年，而它的谚语之一"从不轻易点燃，从不轻易熄灭"意味深长。按照波尔的思路推测，海廷加在这里遇到了问题女孩尼拉。也许教义足够强大，但就开导少女而言还不够生动不够亲切。

然而，第十一节不属于完好契合波尔解读的部分。在这里反复推敲之后，我转而按照佐尔坦的解释重读了《个人阅读》。要申明的是，这注定是一部需要多次试读的作品。改换思路并不说明我越过波尔去选择佐尔坦，前者的自信和轻慢让我欣赏，而佐尔坦的阅读可能耗费了自己大量心血。从发言的忐忑过程来看，为了参与这部作品的讨论佐尔坦似乎有些处心积虑，他的努力超过了小说家读小说该有的限度。即使这样，他的观点也不算精彩，只是作为另外的选择带来了一点趣味而已。

第十一节的亮点应该是这部分：

> 处女初夜不见血色的原因大体有两种。第一，处女虽然之前未进行过性交，但处女膜已经因为其他活动破裂了。骑马、舞蹈和体操等动作幅度大的运动都可能拉裂脆弱的处女膜，卫生棉条等置入物也容易损伤这个部位。珍视处女膜的家庭应该适时提醒女孩子自我保护。第二，处女膜在初夜没有破裂，因而没有流血。如果处女膜膜孔较大，膜体皱褶较

多或者韧性过强，则可能在初次经历性交时不被触破。即使受到轻微损伤，处女膜也或许因为触破点血管较少而只渗出极少量血液，肉眼难以察觉。个别妇女婚后多年甚至已经怀孕都没有见红。当然，见红曾经作为判断少女贞操的权威指标，这也必然有其道理。大部分女性在其第一次阴道式性交之后会流出新鲜血液，如果男方的动作过于轻柔则另当别论。

这一段出自东方一本自我帮助类出版物《人生有问必答》的译本。

佐尔坦声称，《个人阅读》的主人公（我暂且还叫他海廷加）曾经与社会学专业的校友安妮·佩里有过一段伙伴关系，也许算不上亲密，但并没有省略床笫之欢。他们可能连对方眼睛的颜色都没弄清楚，但一定听足了对方的嗓音。此前所有的校友都清楚安妮·佩里对异性追求者的态度，也见识过她的文章《追求本身浪漫吗》，所以敬而远之。海廷加以肤浅青年的头脑去认知这个女生，并像对待其他派对女孩那样轻佻地对待她，结果取得了明快的成功。安妮·佩里不需要被追求，她更愿意男性清楚地表达欲望，并且回避谈论未来。当时的海廷加刚好擅长这些。若干年后，安妮遇到了另一位校友甘瑟·布莱恩，她自食其言，认可了对方的追求并坠入爱河。甘瑟的科研成就和毕业后的感情历程可能也帮了忙。总之安妮转而相信自己爱的能力，至于以前那个叫海廷加的家伙，她似乎从来就没有记得过。其间，深刻的改变也发生在海廷加身上。青年时的尘埃和雾气慢慢散去，海廷加恨自己挥霍了太多东西，以致活得寂寥而虚无。他认为当初只要自己愿意，是可以与某人培养起真正的感情的。不幸的是，这时他认为那个人是安妮。他相信安妮曾以冷漠和麻木保护自己，也曾经暗自打开过心扉，是他忽视了一切。

佐尔坦作为小说家，讲故事当然不太外行。太多上了年纪的人都像海廷加一样学会了忏悔，也像他一样依旧自我中心，甚至变本加厉。读到校友的婚讯之后，他觉得除了自己从前的放浪，是甘瑟夺走了安妮，否则安妮会一直等自己再次光临。很可怕，他为爱采取了行动。如果能激怒新郎甘瑟·布莱恩，闹出一些风波，至少就能证明自己与爱情有关。海廷加心血来潮，只身来到科伊特镇，还没想好如何拜见并不相熟的校友，又如何提起听起来意义含糊的往事。但到了《南巴迪夫大学校友通讯》提及的名叫"灰烬"的酒馆，他感受到孔洞教派外表温缓而内蕴力量的氛围，也从该教派的训条中得到了灵感。

源自《孔洞箴言》的这段阅读就是小说的第十二节。这个大体上宽容平和的教派似乎只在为数不多的观念上坚持己见，"从不轻易熄灭"。

> 神意不以外在的突起和凹陷划分人的性别，而众人常为

此迷惑。世上只有开放和封闭两种性别，也可称为阳性和阴性。俗世所称的男性均为开放的阳性，而女性的性别则可在后天改变。完好地自我封存的女性属于阴性，保有神意赋予的礼物。被开启的女性转化为阳性，与男人类同。然而，封闭一旦得到验证即转化为开放，为鼓励俗世对封闭的验证，神意宽待信守承诺的人。女性应在誓婚之前保管封闭完好的自身，并终生只与她的开启者兼丈夫接近。神意赦免婚姻中的贞洁女性，赐她们保留阴性性别。一旦她们在婚后接触其他阳性者，罪孽立即产生。假如女性已经化作阳性，仍然与另外的阳性者建立婚姻，亵渎由此形成，此举与世俗所说的同性别婚姻无异……教史上，魔鬼的次女特蕾瑟自出生便下体奇痒，忍不住用双手搔痒，因而破坏了自身封闭。成年后特蕾瑟因痒患更甚一心求死，她蒙蔽神意，以开放身躯与圣朗恩结合。依照仪式成婚后，特蕾瑟有意数次回避初夜验证，以激起圣朗恩的猜疑，又在圣朗恩怒不可遏时说出实情。特蕾瑟希望死于圣徒之手而免遭来世惩罚，而圣朗恩则举刀砍下特蕾瑟戴罪的双手，之后自杀。从此求死不能又无法抓痒的特蕾瑟在圣朗恩的墓前无尽地呻吟游荡。

或许海廷加像读过笑话那样弹了弹《孔洞箴言》的书页，但他很快准备好了一番严肃的说辞。他用了一两个夜晚的时间重温了痛心，然后终于拜访了新婚的甘瑟·布莱恩和安妮·佩里。他声称他是无意间读到《孔洞箴言》之后来道歉的。他假惺惺地说自己年少时完全不懂贞操的意义，与安妮的几夜交往幼稚至极。他说如果因为自己多年前的过错祸害了信徒校友的崭新婚姻，他将终生不安。

独白过后，场面该是相当尴尬。之后的情节呢？在文本内外几番连缀之后，佐尔坦给出了自己的勾勒，后面的两三节好像允许他这么想：出乎海廷加的意料，甘瑟并不真的虔诚于什么教派，校友到访反而让两夫妻找到了更多南巴迪夫大学的青春回忆，然后庆幸如今真爱终于沉入心底。甚至，甘瑟还会为自己多年的信徒式表现吐吐苦水。他和安妮的爱情超脱于他们名义上的信仰，两人齐齐安慰了海廷加，且压抑不住分享新婚的欢快和甜蜜。考虑到待客礼貌或者自己的音准，他们未必会像音乐片人物那样在语言表达中途忽然挑起调子唱起来，但他们眼神和气息的配合很容易凭空渲染出那种韵律。

  我遇你，因久远的缘起，却只会在唯一的时机。
  爱是憧憬也是追忆，无法更改且充满希冀。
  爱既宏大又单一，包罗万般也涤尽砂砾。
  此前怎敢想象如今的相依，如今怎能忍受曾相见但未真正相遇。

这是对的,这是对的,一切都化作证据。

爱耀眼前必须隐秘,以便与错的人相互遗弃。

爱像太阳升于天际,有看得见的美也有听不到的奇妙声息。

第十四节应该是一段唱词(有几句在第九节出现过),摘自美国爱情音乐影片《日出声音》衍生的同名剧本图书。海廷加吟读过这种词句,但不是为甘瑟夫妇。总之佐尔坦推测,面对两个幸福的人,海廷加被那情景伤害了,他想在科伊特镇引燃的嫉妒之火最终还是在自己身体里烧了起来。我不觉得声张这样的推测很明智,这几乎概括了三分之二佐尔坦小说的结构,透露了他在文字丛林里习惯踏入的那条通路。我称佐尔坦为有牺牲精神的评论者。我说过我总是欣赏有人能勇敢地说点什么,但人们把过分勇敢的人称作什么来着?

看看老道的曼努尔学派,他们对《个人阅读》全篇最狂放的判断也只是该作的主人公已经"不再年轻"了,就连这个说法也是亲曼努尔媒介通过他们的暗示分析而来的。有人就此设定海廷加为一个老人,他孤独、意识混乱并且对自己的一生不大满意(我在妄想写出一个所有人物对一切始终满意的故事)。这个版本的海廷加已经老到不适合阅读的程度了,而他此时唯一能做的事就是阅读。他的书架上《在林间的时光》、《论个人修为》和《自然珍宝》等读物杂乱无序地摆放着,但当他读到母校南巴迪夫大学当年的印刷品时才真的陷入混乱状态。他知道校友通讯中的安妮·佩里是他的前女友,但却误以为自己就是那个新郎甘瑟·布莱恩。他随手带上两本书离开住处,一心要去科伊特镇和等他的安妮完婚。一个风烛残年的出行者可以任意解释自己读到的内容,他就这样在吃力的旅程中走向人生的末端。一种自以为是的假设。但其中那种虚弱而顽固的人物状态略显生动,也算合乎第八节《自然珍宝》片段的基调。

略微倾斜的大地与山峦相连,春草尚未茁壮,但已经布满罗杰的视野。气味告诉罗杰,自己的狮群不久前在这里逗留过。

细细的溪流在西北方向聚成一汪清水。更远方的一片山外是肯尼亚的半沙漠地带,那里活跃着一些狐獴和胡狼,当然还有蛇。罗杰不会走得更远,因为那儿距离人类就太近了,不容它这样一只雄狮侥幸存活。十年来这片野生动物保护区面积缩小了一大半,狮子则减少了近千头。

罗杰一瘸一拐地走近水潭,两头不很雄健的水牛也许看出了罗杰的伤势,仍然安闲地饮着水。几匹斑马也离得不远。狮子本来最喜欢猎食有蹄类动物,但也许只需要一百年,这里的有蹄类动物就不会经常奔跑了,因为非洲狮将像几千年前的欧洲狮和几十年前的亚洲狮一样灭绝。

现在光景还算不错,罗杰希望自己尽快痊愈,重新获得威严。偶尔又与蛇类相遇时,罗杰都敏感地远远避开。它体内的蛇毒仍然令它呼吸困难,嘴角垂着黏黏的涎水。左前腿的伤口还敞开着,腥臭引来许多蚊蝇。好在它的视力恢复了几成。

夜晚,昔日狮王罗杰孤单地倚着一块石头休息。但敌人总是在自己最疲劳无助时出现——罗杰强打精神吼了一声,一群鬣狗还是三三两两地围了上来。围攻一头受伤的狮子让鬣狗们欢喜雀跃,这些没有原则的家伙其实几乎统治着这一带。虽然被划归食腐动物,但只要能得手,鬣狗不会甘心放过一大块新鲜狮肉。罗杰被迫站了起来,应对着前后夹击。这也许是它的最后一战。尘土飞扬让夜色更加浑浊,四处充满喘息和低吼。

一只鬣狗差不多被罗杰咬断了脊背,哀鸣声使它的群体泄了气。让罗杰惊喜的是,另外几只狮子加入进来,驱散了鬣狗群。罗杰找到了它的妻妾和女儿,它们相认了。如果鬣狗群早来一个钟头,以罗杰的体能它只得坐以待毙。现在它熬到了一家团聚。

有一只雄狮没有参与驱赶鬣狗的行动,它一直在冷眼旁观。它同样厌恶鬣狗,但它也意识到母狮们要救的是它的兄弟罗杰。也许罗杰掉队的时间尚短,与母狮们还没有产生陌生的隔阂,但其间它的兄弟已经接管了母狮们,并履行了意外获得的交配权。罗杰的归来意味着生死抉择摆在了眼前。两兄弟还都不习惯像鬣狗那样狼狈逃窜。

第二天凌晨,几只狮子向另一片草地走去,领队的是多处皮开肉绽的罗杰。它的兄弟已经变成了一具僵硬的尸体,鬃毛秃掉一块,污血染到肩胛。罗杰原来的伤势还没有恢复,刚刚勉强躲过了鬣狗劫难,但它竟然杀掉了自己的兄弟。它的身体爆发出了何种力量?母狮们帮忙了吗?这属于人们无法猜测的野生世界之谜。

去年,就在圈内对《个人阅读》的讨论渐趋平息之时,一个艺名辛尼斯·辛的年轻导演拍了一部短片。此人曾经是生姜沙龙成员,并且和荷兰同行波尔甚至卡希尔本人有过交往。因而他的短片对《个人阅读》不确定性的伤害最大。人们断定这部叫《阅读者》的短片讲述的正是卡希尔作品内里真正的故事,作此判断的信心不亚于讲邻居是非的主妇们。这部十七分钟的片子是辛在一周之内完成的,其主人公对暗恋对象结婚的消息耿耿于怀。作为一个习惯阅读的神经质角色,他受到某个复仇故事的刺激,决定远赴他的幻想女友的新家,要破坏点什么。但他遇到的却是那个新婚丈夫的青少年女儿。有发泄愿望的主人公和这个年少无知的女孩过了一夜，本应心满意足，可他随即意识到自己夺走了女孩的童贞，而且女孩的父亲是一个推崇童贞的极端教派的成员。更要命的是，女孩执意放弃大学生活，要和主人公共度余生，为此她回绝了主人公的所有劝告。暂时瞒过女孩父亲的希望彻底泯灭，现在复仇的动机似乎归于对手了。书中那个曾令主人公怒火中烧的故事又在他脑内活化为影像，但仇怨双方的形象发生了互换，惨叫声变幻为自己的嗓音……现在那段叙述只能让他忧心忡忡。

在《个人阅读》中，赫塔菲《论个人修为》的血腥段落的确在收尾的第十五节又重复了一次。某些字眼没有被省略，但文字不会以影像的方式透露意义，后者鲜活无比。"打斗平息之后，桑切斯带着几个活着的族人果真收割了对方的阳具。"而"一百五十多年之后"应该出现的贤者冈萨雷斯始终没有在小说中真正出现。

我是极少数有如此兴趣收集资料的人之一。我看了短片《阅读者》。但真正促使我写这篇关于《个人阅读》的文章的是一个朋友的话。他在大学任教，从事当代文学研究，并侥幸参加了在比利时举行的一次小说研讨会。这次会议有着浓重的曼努尔学派味道，其组办方就是该学派的赞助商。这个朋友说，在会上他居然见到了加德·卡希尔本人，确切地说真正的相见是在休会期间。他在餐饮场所遇到了这位澳大利亚作家，研讨会刚刚对《个人阅读》进行过大篇幅的高调讨论。这位朋友面对卡希尔惊喜地久久颤动着嘴唇（这是我猜到的表现），卡希尔对他说，大会给了自己丰厚的出场费，但不需要自己说一个字。关于那部短篇小说，卡希尔告诉我的朋友，某次他去洛杉矶，借宿在当地一个朋友的书房，并试着叫了一个当地妓女。后来为了不吵醒隔壁的主人，卡希尔决定自己帮自己，而只让妓女在他耳边轻声读书。他发现自己很喜欢这个主意。阅读内容是从书架上随机抽取的，但他认为恰到好处。第二天，他回味了那些文字，并组合了那些引文。

我不相信这个朋友的话。我的意思是，我相信加德·卡希尔会在友人的书房尝试美国妓女，并有能力在污秽混乱中思考写作，但我不相信他会屈尊对我的朋友提起这些以释放任何信息。正像我一向认为的，如果他愿意用这种已被滥用的方式嘲笑世界，他早就这么做了。世界不值得嘲笑，《个人阅读》也没那么犀利。卡希尔潜能出众，但我说过，我本人不很喜欢这一篇小说。写一篇全由引文构成的作品这想法远非新奇，我曾厌恶去实现别人的这个设想，并因而放弃了已经动笔的小说《冬天该读些什么》，故事里在推荐冬季阅读书目的研究生导师和几个频繁交换读物的学生就此消失，他们之间复杂微妙的关系也一并淡去。有朋友正想劝服我回心转意完成故事时，《第二眼》杂志发表了卡希尔的《个人阅读》。这很难说是英格兰人的沉稳之举，推迟发表计划一年半载又不会要他们的命。